[日]西村京太郎 著
温雪亮 译

华丽的绑架

青岛出版集团 | 青岛出版社

KAREINARU YUKAI　by Kyotaro Nishimura
Copyright © 2020 by Kyotaro Nishimura
All rights reserved.
Originally published in Japan by KAWADE SHOBO SHINSHA Ltd. Publishers, Tokyo.
This Simplified Chinese edition is published by arrangement with
KAWADE SHOBO SHINSHA Ltd. Publishers, Tokyo c/o Tuttle-Mori Agency, Inc., Tokyo
through Hanhe International (HK) Co., Ltd.

山东省版权局著作权合同登记号 图字：15—2023—92 号

图书在版编目（CIP）数据

华丽的绑架 /（日）西村京太郎著；温雪亮译 . —青岛：青岛出版社，2024.1
ISBN 978-7-5736-1805-4

Ⅰ. ①华… Ⅱ. ①西… ②温… Ⅲ. ①长篇小说—日本—现代 Ⅳ. ① I313.45

中国国家版本馆 CIP 数据核字（2023）第 251221 号

	HUALI DE BANGJIA	
书　　名	华丽的绑架	
著　　者	［日］西村京太郎	
译　　者	温雪亮	
出版发行	青岛出版社	
社　　址	青岛市崂山区海尔路 182 号（266061）	
本社网址	http://www.qdpub.com	
邮购电话	0532-68068091	
策　　划	杨成舜	
责任编辑	刘　迅	
封面设计	陈绮清	
照　　排	青岛新华出版照排有限公司	
印　　刷	青岛双星华信印刷有限公司	
出版日期	2024 年 1 月第 1 版　2024 年 1 月第 1 次印刷	
开　　本	32 开（880mm×1230mm）	
印　　张	10.25	
字　　数	185 千	
印　　数	1—8000	
书　　号	ISBN 978-7-5736-1805-4	
定　　价	49.00 元	

编校印装质量、盗版监督服务电话：4006532017　　0532-68068050
本书建议陈列类别：外国文学　推理　畅销

華麗なる誘拐

目　录

第一章　奥林匹克作战计划 / 1

第二章　重要证人 / 37

第三章　第二次行凶 / 63

第四章　福冈机场 / 91

第五章　塑性炸药 / 115

第六章　意外的进展 / 149

第七章　购买安全 / 181

第八章　小王冠行动 / 206

第九章　新天地之梦 / 234

第十章　狮子与陷阱 / 258

第十一章　胜利与失败 / 288

第一章　奥林匹克作战计划

1

左文字侦探事务所坐落在新宿西口站一座三十六层高的大厦的顶楼。

这家侦探事务所的招牌已经挂出去一个月有余,可是至今也没有一个客人登门。事务所的成员只有所长和秘书两个人,秘书史子是所长左文字的新婚妻子。

左文字正伸着长腿陶醉在新宿的夜景中。

"作为秘书,我有话要说,"史子正色说道,"照这样下去,事务所这个月要亏损了!"

"没错,"左文字不慌不忙地笑道,"不仅如此,我想咱们待在三十六楼这么高的地方也不妥当。"

"为什么?"

"乘坐电梯到这里需要花费三分钟左右,准确地说,是三分零六秒。一个人在这段时间里可以充分地思考某一个问题。委托人很有可能在乘坐电梯的这三分零六秒的时间里改变主意,打消委托我们查案的念头,打道回府!"

"你这种想法很有哲学味儿!"

"我可没跟你开玩笑!"

史子皱起眉。左文字依旧是一副悠然自得的样子。

"咱们不如转换一下心情,到楼下的异乡人咖啡厅去喝杯咖啡吧。"

"你想喝咖啡吗?我这里有速溶咖啡。"

"女人真是……"

"你说什么?"

"没什么……女人有较强的理财意识挺好的,不过,我今天想喝正儿八经的咖啡。"

这个身材高大的男人从转椅上站起身来。

他虽然有一头乌黑的头发,眼睛却是蓝色的。从外表上看,他不像一个日本人。

左文字于一九四五年出生在洛杉矶,母亲是日本人,父亲是德裔美国人。

他从身为日本人的母亲身上继承了东方人独有的细腻,从身为美国人的父亲身上继承了洋味十足的外表和较强的逻辑思考能力。

从哥伦比亚大学犯罪心理学专业毕业后,他在旧金山的侦探事务所里工作过一段时间。父母相继病故后,他来到日本。

在刚来日本的那段时间里,左文字偶尔帮助卷入案件的朋友解决一些刑侦方面的问题。后来,他认识了藤原史子。与史子结婚后,他获得了日本国籍,然后就在这里开办了这家侦探事务所。

2

异乡人咖啡厅位于左文字侦探事务所所在大厦的二楼。这家咖啡厅的咖啡味道浓郁香醇,因此咖啡厅的客人络绎不绝。

天气暖和的时候,咖啡厅的露台上也会摆上桌椅,客人们可以一边喝咖啡,一边欣赏户外的风景,可现在是初春,客人们只能隔着玻璃欣赏外面的景色了。

咖啡厅的角落里摆着一架白色的钢琴,一位年轻的女钢琴师正面无表情地坐在琴凳上,弹奏一首《小夜曲》。她似乎是一名兼职钢琴师。

这家咖啡厅大约有四十张桌子,附近许多白领下班后都会来这里,现在这个时间,座位都被坐满了。

左文字和史子想看窗外的风景,所以他们等窗边的座位空出来,才走过去坐下。

他们身后的墙壁上挂着一个广告牌,上面写着:"左文字侦探事务所承接一切调查工作,准确、迅速、价格实惠,位于本楼三十六楼。电话：344-98××。"这是左文字在这家咖啡厅老板的关照下才挂上去的，但是这个广告似乎并没有什么宣传效果。

这家咖啡厅的客人可能大都是那种不需要委托侦探事务所对某事进行调查且生活很幸福的人吧。事实上，来这家店的客人大多是看上去过得很幸福的年轻情侣。

今天晚上也一样。左文字隔壁的桌子边坐着一对二十多岁的年轻情侣，他们正开心地交谈着。他们都穿着天蓝色的牛仔裤。听他们的对话，左文字能猜出他们都是大学生。

"从下个月开始，咱们有必要改变经营方针了！"史子一边往咖啡里加砂糖，一边严肃地说道。

从海外旅行到摇滚音乐，再到两性关系，隔壁桌的那对情侣不停地变换着聊天儿的话题，左文字听得津津有味。

"你说什么？"

"真拿你没办法！你要认真听我说话啊！"

一般情况下，史子说话的口气像男人的时候，就是她情绪紧张、不太高兴的时候。

"我在认真听呢！你也给我来两勺糖！"

"糖还是你自己放吧！"

"好吧……"左文字说道，"从统计数据来看，离婚的第二大原因是经济方面出现问题。"

"第一大原因是什么呢？"

"性格不合。"

"在这方面,咱们似乎用不着担心。"

"为什么?"

"朋友们都说咱们是一对性格很相似的夫妻!"

"这种说法我还是头一次听到,咱们身边竟然还有这种愚蠢的朋友!"史子满脸嫌弃地说道。

"啊!"

突然,隔壁桌的客人发出野兽般的惨叫。

左文字连忙回头看去。

只见那个刚才还有说有笑的长发青年,此时正挠着喉咙,从椅子上滚落到地板上。接着,那个女孩儿也发出凄厉的惨叫,倒在地板上。

椅子在嘈杂声中倒在地上,咖啡杯落到地面上,摔成了碎片。热咖啡飞溅起来,落到左文字的裤腿上。

"快……快救我……"

满地打滚儿的青年表情痛苦地惨叫着,那沙哑的声音令人感到绝望。

那个女孩儿则像虾一样蜷缩着瘦弱的身体,不停地呻吟。

其他的客人都不知道发生了什么事,茫然地望向这边。

只有左文字冷静而迅速地做出了反应。

"快去叫救护车!"他大声地对女服务员说,然后又朝史子喊道,"快帮他们催吐!"

"什么?"

向来强势的史子此时正不知所措。

"他们中毒了!"

"怎么做才能让他们吐出来呢?"

"先给他们灌水,再用你的手指抠他们的喉咙,这样可以帮助他们把胃里的东西吐出来!"

左文字抱起全身颤抖的青年,强行掰开他的嘴,让他喝下杯子里的水。然后,他将两根手指插入青年的喉咙。

青年一边呻吟,一边吐出茶色的液体。

史子也对女孩儿使用了相同的方法进行急救。

"不行!"史子痛苦地说道,"她快不行了!"

那个青年的情况也一样,也许是因为他中毒太深,在催吐之前,毒素就已蔓延至全身了。

救护车终于到了。

3

左文字和史子作为证人,被警察叫到了新宿警署。

警察让他们陈述事情的经过,以便警察做笔录,但不知何故,做完笔录,警察也没有让他们回去。

"真倒霉!"史子和左文字并肩坐在昏暗走廊里的长椅上,

她对左文字耸了耸肩,"我敢保证,第一个客人现在已经到事务所了!"

"你为什么会这样想?"

"人在倒霉的时候都会这样。回到事务所后,咱们应该就能看到,事务所的门上留下了愤怒的客人踹门时留下的痕迹!"

"很有趣的想法……"

"警察已经做完笔录了,为什么不让咱们回去呢?"

"不清楚,他们可能觉得是咱们给那对情侣下了毒!"

当然,这只是一句玩笑话,说罢,左文字从口袋里掏出烟。

只有坐落在闹市区的警署才会如此热闹。一个酒鬼被警察带了进来。接着,一个脸色惨白的中年职员跑了进来,说自己被别人偷了一大笔钱。然后,一个穿着暴露的女人被警察带了进来,她的脸上满是不耐烦。后来,又有一个因吵架而被打得头破血流的年轻男人走了进来……

这些来来往往的人让左文字觉得坐在这里一点儿也不无聊,反而很有趣。

他们等了近一个小时,总算走过来一位身穿制服的年轻警察。

"请到这边来!"他很有礼貌地说道。

在警察的带领下,他们走进署长办公室。

办公室里有两个男人。

一个是署长,另一个是个穿着西装的男人——左文字认识他。

　　此人正是警视厅搜查一课的矢部警部[1]。他中等身高,给人一种敦厚的感觉,实际上却是一个精明能干的男人。左文字在调查其他案件的时候,曾和他合作过,所以他们算是老相识。

　　"一个多月不见啊!"矢部警部笑着对二人说道。

　　"请坐!"

　　署长请左文字夫妇二人坐下。

　　"那两个人现在怎么样了?"史子问道。

　　矢部警部回答道:

　　"他们被送到医院后不久就死了。两个人都死于氰化钾中毒!"

　　"真是让人想不明白啊!"左文字在一旁插嘴道。

　　"你说什么?"

　　"你说我说什么啊?我们的笔录早就做完了,为什么还让我们留在这里?还有,供职于搜查一课的你,为什么会出现在这里?"

　　"我正想说明此事!"

　　"请务必说明一下!"

　　"在谈话之前,我有个请求,请你在听完解释后协助我们侦破这起案件!"

---

[1] 警部为日本警察官之阶级之一。

"看来案件还挺棘手的！"

"没错！你们可以答应吗？"

面对矢部警部的询问，史子的表情也变得严肃起来，她点了点头。

"那我就从今晚的案件说起吧！"

矢部跷起二郎腿，点燃他那只心爱的烟斗。他看起来很沉稳，但他也许只是为了让自己冷静下来而佯装镇定。

"男性被害人是S大学文学部的学生，二十岁，名叫青木利光。女性被害人是T女子大学的学生，十九岁，名叫横尾美津子。不过，说他们的名字其实没有任何意义！"

"为什么？"

"听我说完接下来的内容，你们就明白了。他们的死因就是刚才说过的那样，是氰化钾中毒。法医从他们喝过的咖啡里检验出了氰化钾。有人在他们那张桌子上的糖罐里放入了大量的氰化钾粉末。"

4

"真的吗？"

"这种事还能骗你？"

"你知道你现在说的这些话意味着什么吗？"

"我现在可是警视厅搜查一课的人!"矢部苦笑道。

左文字却脸色煞白。

"今晚我们去那家咖啡厅时,咖啡厅里已经没有可以看到窗外风景的空座位了。后来,靠窗的桌子先空出来了,我们便坐了过去,很快,我们旁边的桌子也空出来了,接着,那一对年轻情侣便在我们旁边那一桌坐下了。如果那对年轻情侣坐的桌子先空出来的话,我们可能就会坐到那里去。如果是那样的话……"

"毫无疑问,此时在医院里抢救无效死亡的人就是你们了!"

"你说得可真轻松!"

左文字的脸上重新露出笑容。

"事实就是如此残酷!那家咖啡厅的老板和店员可以排除嫌疑,据我们推测,应该是在那对情侣之前坐在那张桌子旁的人将氰化钾混入了砂糖里!"

"不,不一定是那样!"

左文字提出不同观点。

"为什么?"

"如果坐在那里的客人喝的是可乐的话,就不会使用混入氰化钾的砂糖了,而且,有些人喝咖啡的时候不加糖。嫌疑人有可能是在那对情侣之前坐在那里的任何一个客人!"

"确实如此。虽然女服务员对在那对情侣前坐在那桌的客人的长相记得很清楚,但是那个人未必是嫌疑人!"

"那位客人是不是一个留着络腮胡、身穿茶色厚毛衣、二十七八岁的男人？"

"你怎么知道？"

"我在美国当过侦探，有私家侦探执照。和你一样，我也是专业刑侦人员，有随时观察周围人的习惯。"

"失敬，失敬！那么，你觉得那名嫌疑人的目的，是不是杀害那对情侣？"

"我觉得不是。"

"这又是为什么？"

"我无意中听到了那对情侣的对话，他们漫无边际地聊了很多。他们说他们是第一次来这家咖啡厅，觉得那里的环境不错。那家咖啡厅肯定不是他们常去的店，而且，如果其他座位可以坐的话，他们肯定会坐过去的。在这方面，你应该也很清楚吧？否则，刚才你也不会说'说他们的名字其实没有任何意义'！"

"不错。虽然我没有听过那对情侣的对话，但是我通过其他方面的信息推断，嫌疑人的目的并不是杀害那对情侣！"

"这样一来，嫌疑人是觉得杀谁都可以了？这是无差别杀人吗？"史子紧皱眉头说道。

"夫人，你说得没错！"

"这可真是乱来！在咖啡厅的糖罐里放入氰化钾，不论杀死谁都行，这个凶手的脑子不会有毛病吧？"

"正相反，嫌疑人是个相当冷静的人！"

"这真是一起有意思的案件！"

听到左文字这么说,矢部警部粗暴地拍掉烟斗上的灰。

"岂止是有趣,这可是一件非常棘手的案子!我再确认一次,如果我告诉你们这起案件的其他信息,你们一定会协助我破案,对吗?你们能遵守承诺吗?"

"我需要对上天发誓吗?"

"你不需要对上天发誓!"

矢部从皮包里掏出一个小型录音机,放在桌子上。

"你们先听听这个吧!三天前,也就是三月二十一日下午,有人给首相官邸打了一通电话,这是电话录音。"

"接电话的是内阁首相?"

"不,是秘书官。电话全都是自动录音的。"

矢部警部按下录音机的播放键。

5

男人:"是首相官邸吗?"

秘书官:"是的。"

男人:"我有一件很重要的事要跟首相说,你能让他接电话吗?"

秘书官:"你可以把你要说的事告诉我,稍后我会转达给首相的。"

男人:"你是谁?"

秘书官:"我是渡边秘书官。"

男人:"你能保证你一定会把我的话转达给首相吗?"

秘书官:"如果是很重要的事,我保证一定会转达给首相!"

男人:"这是一件非常重要的事,比任何紧急的事都要重要!这关系着一亿日本人的性命!"

秘书官:"你的名字是……"

男人:"这我不能说,但是我可以告诉你我们组织的名字——Blue lions,蓝狮。"

秘书官:"蓝狮?"

男人:"没错。这是我们组织的代号。我以后还会给你们打电话的!"

秘书官:"那么,你说的事到底是什么事呢?"

男人:"在我说这件事之前,我想先证实一下,日本的首相是不是代表着日本国民?他是不是要对日本国民的安全负责?"

秘书官:"是的。不过,你所说的国民的安全其实分许多种:劳动安全和环境污染问题由厚生劳动大臣[①]负责,国

[①] 日本厚生劳动省的负责人。厚生劳动省是日本负责医疗卫生和社会保障的主要部门。

家安全问题由防卫厅长官①负责,犯罪问题会由法务大臣②或者国家公安委员会③负责……"

男人:"任命这些大臣的人,难道不是首相吗?"

秘书官:"是的。"

男人:"如此一来,国民安全的总负责人不还是首相吗?"

秘书官:"没错,从法律上说是这样的。如果你想陈情,请询问各省厅的办事窗口,有与你的诉求相对应的接待窗口。如果你要说的事是犯罪事件,请到你的居住地的警署咨询。"

男人:"陈情?窗口?"

秘书官:"是的。"

男人:"你给我听好了!我可是要跟首相讨论全体日本国民的安全问题!一亿日本人,准确地说是一亿两千万人的安全,其中也包括你和首相的安全!"

秘书官:"那么,你是想对近期的大地震提出意见,是吧?"

男人:"你在说什么?"

---

① 防卫厅长官为日本内阁阁僚,由国务大臣担任,受日本首相的领导和监督。二〇〇七年一月九日,日本防卫厅正式升格为日本防卫省。本书完成于二〇〇七年之前,故全书使用日本防卫厅一词。
② 日本法务大臣是日本内阁成员之一,负责日本的法律和司法等相关工作。
③ 负责管理日本警察组织的相关事务。

秘书官:"一个星期前,有位自称地震研究专家的人打来电话。他说,根据自己多年的研究,在三月十九日,也就是前天,下午两点,将有一场里氏八点六级的大地震袭击东京。他想让首相动用自己的权力,疏散一千万东京市民及周边住户。然而,三月十九日下午两点,什么事都没有发生。如果你是为了这方面的问题给我们打电话的话,那么请你与气象厅①观测部的地震科联系,电话号码是……"

男人发出笑声:"你可别把我们和那些蠢货混为一谈!"

秘书官:"那么,你所说的全体日本国民的安全问题是指什么呢?"

男人:"你仔细听好,我接下来说的可是很重要的事!我们'蓝狮'决定发动'奥林匹克作战计划'!"

秘书官:"奥林匹克?"

男人:"是'奥林匹克作战计划'。按照这个计划,我们将会绑架日本一亿两千万国民!"

秘书官怒道:"绑架一亿两千万人?你的精神正常吗?"

男人:"你先别生气,冷静地听我说。我们绑架全体日本国民这件事,就是单纯的绑架,当然,既然是绑架,就会要赎金。给我们交赎金的人,就是日本人的代表且对日本人的安全负有最高责任的首相。我打这通电话,就是要跟他

---

① 日本国家气象服务机构。

提这个要求。我们要求他交五千亿日元,作为一亿两千万人的赎金!"

秘书官:"五千亿日元?"

男人:"没错。据我所知,现在日本每年的防卫预算约为五千亿日元。如今,一亿两千万日本人的安全掌握在我们'蓝狮'手中,我们索要毫无用处的五千亿日元防卫预算,难道不是理所当然的吗?请马上把这件事转告给首相,我们希望在二十三日之前得到首相的答复,否则,我们不得不杀害人质了!"

秘书官:"这太荒唐了!"

"咔嚓"声传来,电话被挂断了。

6

矢部关掉录音机,寻求左文字夫妇的意见。

"你们对这件事有什么想法?"

"这太荒唐了!"史子耸耸肩膀说道。

"的确,这太荒唐了!"左文字附和道,"不过,电话里那个男人的声音很尖厉,他说话的语气很冷静。"

"警方没有查到打电话的人所在的位置吗?"史子问道。

矢部警部苦笑了一下：

"首相官邸里没有警察！"

"这盒录音带没有立刻交给警方的技术人员进行分析研究吗？"左文字神情严肃地问矢部。

"没有。渡边秘书官认为对方是个疯子，因此没有把这件事当回事。无视这种事也是有道理的，毕竟给首相打电话的人说的事情五花八门，给首相寄去的成堆的信件内容也千奇百怪。我曾看过一部分信件，也听过一部分录音，内容都是古怪荒诞的事。那些录音带里就有像电话录音里刚才提到的那个地震研究专家的电话，也有因独生子离家出走而请求帮忙寻找的电话。首相大人又不是那种什么事都能做的人。或许是因为春天来了，人们都活跃起来了，有些头脑不正常的家伙也不时地给首相打电话。有人说，最近地球磁场异常，地球马上就要爆炸了。有人说外星人住进了他的家里……总之，那些人大都是些脑子不正常的家伙！"

"也就是说，秘书官把那通电话归为荒诞的骚扰电话了？"

"是的。如果有政治极端分子打来威胁电话，他就会立刻联系警察！"

"不过，你们原本以为那通电话是疯子打来的，为什么现在却改变看法、认真对待了呢？"

"那通电话打来后的第二天，也就是三月二十二日下午，那个自称属于'蓝狮'组织的男人又给首相官邸打来了电话。你

17

们听一下吧！"

矢部警部更换了录音机里的录音带，然后按下了播放键。

气氛紧张的署长办公室里再次响起电话里的对话声。

男人："我记得你的声音，你是渡边秘书官吧？我是昨天给你打过电话的'蓝狮'组织的成员。我昨天跟你说的事，你转达给首相了吗？"

秘书官："我怎么可能把那种骚扰电话的内容转达给日理万机的首相？这个道理，就连小孩子都知道！"

男人："什么？首相的秘书官竟然这么愚蠢！这可真是令人惊讶啊！"

秘书官："你说什么？"

男人："你听好了！我们所实施的'奥林匹克作战计划'，可是要绑架全体日本国民的计划。这么重要的消息，你竟敢如此怠慢！你还不赶紧把这件事转达给首相！"

秘书官发出笑声："喂，被绑架的日本人在哪里？脑袋清醒点儿吧！你好好看看今天早上的新闻节目！昨日天气晴朗，虽然是工作日，但日本全国各地的旅游胜地人山人海！今天也是如此！那些享受美好春光的人被你们绑架了吗？"

男人："你真是个令人头疼的家伙！你不会是把'绑架'这个概念给模式化了吧？你不会以为，将人质拽进车里，运到山间小屋里关起来才叫绑架吧？那不过是绑架的一种形式罢了！让我来告诉你绑架的正确定义吧！你给我听仔细了！'以欺瞒或诱惑为手段，将人质从原本被保护的状态中，转移到自己或者第三者势力的支配下的活动，称为绑架。'这才是绑架的正确定义！"

秘书官："欺骗？"

男人："是欺瞒。不过，这个定义的前半段内容并不重要。绑架这种事有时会使用暴力，有时则会像这次一样，在人质一无所知的情况下对其进行绑架，重要的是定义的后半部分，也就是在一个人被保护且毫无防备时将其绑架。如今，我正在打电话的地方可以看到一个广场。那里有很多孩子在游玩，还有一些情侣在愉快地交谈。这些便是你所说的'享受美好春光'。但是，他们的生命掌握在我们的手中。我们的手枪正瞄准他们，如果你们不交付赎金，他们就会死。又有谁能阻止我们呢？也就是说，所有的人都处于我们的支配之下。我们'蓝狮'遍布日本各地，不论是北海道还是九州，我们可以在任意时间、任意地点，杀害这一亿两千万名人质中的任意一人。谁能够阻止我们呢？"

秘书官："你是不是疯了？"

男人："不，我的智商有一百五。我们将一亿两千万日本国民作为人质，让他们处在我们的支配下。我们可以在任意时间、任意地点，结束他们中的一些人的生命。你们能阻止我们吗？如今，日本全国大约有二十万警察，可是这二十万警察能不能保护一亿两千万人的生命安全？就算加上自卫队，保护者的数量也不到五十五万人，你们要想保护这一亿两千万人的生命安全，是根本不可能的事！坦克、战斗机等各种新式武器也起不到丝毫作用。说到这里，你应该能明白我们的想法了吧？"

秘书官："你的想法太荒谬了！"

男人："你无法用这种拙劣且幼稚的说教说服我。就像我昨天说的那样，我们在实施'奥林匹克作战计划'，我们绑架了全体日本国民！他们的赎金是五千亿日元，你们必须在三天内交钱。你们已经浪费一天时间了！如果今明两天，我还得不到首相的回复，我们将在三月二十四日杀害人质，其后果全部由首相负责！"

秘书官："等一下！"

男人："明天我还会给你打电话的。在那之前，请将我们的意图转达给首相！"

7

矢部警部关掉录音机，沉默良久。

"智商一百五，那是什么样的大脑呢？"署长打破了沉默。

左文字又点燃了一支烟。

"美国有个叫'智商协会'的组织,只有智商达到一百四十五以上的天才级别的人才能加入。有趣的是,这个组织的人全都相信外星人的存在!"

"智商一百五的人应该相当聪明吧?"

"如果那个男人说的是事实的话……"矢部警部叹了口气道。

左文字看向矢部,问道:

"那个人来过两次电话后,秘书官才把这件事告诉警方,是吗?"

"是的。我们第二天便前往首相官邸,在询问过相关信息后,听了这两盒录音带。"

"第三通电话是首相接听的吗?"

"那天正好没有内阁会议,首相有空闲时间接电话。走亲民路线的首相很痛快地接了电话。你们来听听这盒录音带!"

"你们没有逮捕嫌疑人,电话跟踪定位失败了?"

"啊,是的,电话跟踪定位失败了!你们听听就知道了,对方是个十分谨慎的男人!"

矢部警部更换好新的录音带,然后按下录音机的播放键。

左文字跷着二郎腿,抽着烟,听着录音带里的内容。

史子有个习惯,她在紧张的时候,会不时地咬手指甲。

男人:"我是'蓝狮'组织的成员。我们的事,你有没有转达给首相?"

秘书官:"转达了!"

男人:"然后呢?"

秘书官:"让首相大人亲自跟你说吧!"

男人:"可以,把电话交给他吧!"

首相:"我是首相!"

男人:"我记得你那很有特点的声音,看样子你确实是首相本人!"

首相:"我已经从秘书官那里知道你们的事了!"

男人:"那么,你准备交五千亿日元的赎金了吗?"

首相:"你是个聪明人,你应该知道我不能随意支配国家预算吧?"

男人:"你的话听起来好奇怪啊!为了一部分人的利益,通过搭桥修路的方式,随意分配国家预算,难道不是你们历届内阁经常做的事吗?你们在农田中央建设政治站[①],用的不也是国家预算吗?如今,全体日本国民的生命安全受到威胁,你们就不打算使用国家预算了,是吗?"

首相:"你不要再无理取闹了!我没有这样的权力!"

---

① 日本政客为了自己的政绩花重金建造的车站,由于其建造的目的是政治宣传,所以这些车站被日本国民称为"政治站"。

男人:"为了保护日本的安全,国家不是每年都有五千亿日元的预算吗?这笔钱通常都用在制造那些毫无用处的坦克、飞机、军舰之类的东西上了。现在,为了日本国民的安全,你应该可以交那笔五千亿日元的防卫预算吧?"

首相:"日本从来没有这样的先例!"

男人:"那你就开一个先例吧!"

首相:"……"

男人:"你明明不想付钱,却还来接电话,你这是什么意思?你是为了跟踪定位我打电话的位置并逮捕我,才迫不得已接这一通电话的,是吗?"

首相:"没有那种事!只是我的立场跟你的立场不同罢了!"

男人:"立场啊……看来我要暂时挂断电话了!"

首相:"挂断电话?"

男人:"我不会让你们跟踪定位到我打电话的位置的!"

电话被挂断了,电话录音里的对话也停止了。过了一会儿,对话继续。

男人:"我是'蓝狮'组织的成员。"

首相:"你在干什么?"

男人:"我换了个地方打给你。你刚才说,你我立场不同,因此,你不能交给我那五千亿日元的防卫预算,但是几十亿日元一架的喷气式战斗机却可以任意购买,是吗?"

首相:"为了保卫国家安全,这是绝对有必要的!"

男人:"那么你们就请自卫队用引以为傲的坦克、战斗机、军舰来保护我们手中的人质吧!只要你们能够保护一个人,我就会为你们鼓掌!"

首相:"等等!"

男人:"怎么了?"

首相:"我没法儿支配国家预算,不过我可以给你们一些我自己的钱!"

男人发出笑声:"你自己的钱?"

首相:"我是一个以清廉为座右铭的政治家,虽然不能自由支配几千万日元的公帑,但五六十万日元的存款我还是有的。如果我交给你们这笔钱,你们可以中止这种愚蠢的行动吗?作为首相,我拜托你了!"

男人:"如果一次性付款的话,给我五百亿日元也可以!"

首相:"五百亿?"

男人:"商界每年给保守党的政治捐款应该有五百亿日元吧?"

首相:"没有那回事儿!每年也就一百五六十亿日元!如果你觉得我在说谎,那你自己去看看政府的公告!"

男人："那是申报的金额,实际上那笔钱有五百亿日元以上,这是常识！你把这五百亿全部交出来。国会议员们不是总说要为国民牺牲自己吗？经济界的大人物们也口口声声说,他们不是为了自己的利益而是为了国家和国民的利益而工作。你不仅是首相,还是保守党总裁。这么一想,交五百亿日元作为一亿国民的赎金,应该很容易！"

首相："这件事我做不到！"

男人："也就是说,你在党内毫无统率力,不论是议员还是商界人士,你都说服不了,是吗？"

首相开始发怒："你这个笨蛋！我不可能因为这种愚蠢的事而交给你五百亿日元！"

男人："那么我跟你再聊下去也没什么用了。你跟你的政府如此无能,我们只能杀害人质了！以你为首的无能政府,会成为舆论的众矢之的的！"

首相："喂,喂,喂,喂……"

秘书官："首相,通话已经结束了！"

8

"因此,今晚就有两名人质被杀了,是吗？"左文字用闪着蓝光的眼睛看着矢部警部。

"是这样的。当然,那对情侣也有可能是以其他理由被其他人杀害的。比如说,那对情侣被某人忌妒……不过,就目前的情况来说,这种可能性为零。就像你说的那样,我们不知道谁会被杀。'蓝狮'将所有日本人都当成了人质,对他们而言,谁死都无所谓!"

"他们果然是疯子!"史子愤怒地说道。

"谁死都可以!"

"不过,那个男人说的话其实是有些道理的,尽管那些话毫无人性!"

左文字说完这句话后,史子狠狠地瞪了丈夫一眼:

"你说什么?"

"你想想看,我们不知道嫌疑人是谁、在哪里,我们就没有办法保护自己。如果嫌疑人想要杀害某个特定的人,警察还是有办法保护那个人的,但对方说一亿两千万人都是其人质,不管杀了一亿两千万人中的哪个人,对他们来说,都是杀了人质。就像他说的那样,政府就算是调遣了所有的警察且动用了最先进的坦克和战斗机,也没法儿阻止他们!"

"让人们自己保护自己,这个方法可行吗?"

"对自我保护意识薄弱的日本人而言,自己保护自己是不可能的。而且,日本的普通民众买不到保护自己的手枪,只有社团组织成员才能买到武器。如果官方现在发布通告:'现在有人要伤害你们的性命,请你们保护好自己吧!'日本民众会立刻陷入恐慌！"

"你说得没错！"矢部警部点点头，"正因如此，我们想尽快秘密地解决这件事，这才来寻求你们的帮助！"

"你有信心吗？"

"说老实话，我没有信心，可是，这件事必须解决！如果遇害者的数量继续增加，媒体得知其原因，就会对此事大肆报道。这样一来，日本民众就会陷入你所说的那种恐慌之中！"

"你们对这个打电话的男人一无所知吗？"

"我们对其声音进行了声纹研究，也征求了声音专家的意见。"矢部警部掏出警用笔记本，"专家认为，这个男人的年龄应该是在二十岁到四十岁之间。"

"这个范围可够广的！"

"我也这么想。这个男人没有方言口音，很有可能是土生土长的东京人。他性格刚毅，有极强的表现欲，从他的谈吐可以推断出，他接受过高等教育。"

"警方只有这些信息吗？"

"很遗憾，目前我们只知道这些！"矢部警部遗憾地说道。

"那么，我来补充一下吧！"

左文字说完这句话，矢部吃了一惊：

"你说什么？"

"这个男人有汽车驾照，会开车！"

"你是怎么知道的？"

27

"刚才的录音不是中断过吗？你们没有剪掉中间的某一部分录音吧？"

"我们没做过那种事！"

"嫌疑人不是中途挂断过电话吗？在他又打来电话之前，录音带不是一直在转动吗？我测算了一下两通电话中间间隔的时间。"

"因为我们不知道接下来会发生什么，所以就用录音机一直录音。"

"这段时间持续了七分三十九秒。嫌疑人不可能使用红色公用电话①，那样会被别人听到他在电话里所说的事情。他极有可能使用了公用电话亭里的电话。他怕我们用电话跟踪定位查到他的位置，所以中途挂断了电话，转移了地点。如果他步行转移，那么七分三十九秒最多走二三百米，这么短的距离内是不会有另一个公用电话亭的。如果在那周围使用其他公用电话打电话，他又会觉得不安全。骑自行车转移地点，七分三十九秒，他也骑不了多远！"

"我也想过他会开车，但是他也有可能是乘坐出租车转移地点的！"

"不可能！"

"为什么？"

---

① 日本早年间的一种公用电话，多出现在店铺里，供客人付费使用。

"他走出公用电话亭,叫来出租车,出租车刚行驶七分钟,他又下车进入公用电话亭,这样奇怪的人,是很容易引起出租车司机的注意的。智商一百五的嫌疑人应该不会做出如此愚蠢的事来。如此一来,就只有他自己驾驶汽车转移地点这一种可能了。他可能是独自开车,也可能有另一个同伙给他当司机。"

左文字一边说着,一边努力在自己的脑海中描绘嫌疑人的样子。

此人在电话中的声音相当冷静,还时不时发出笑声。

这是一个非常自信的男人。即便是跟现任首相通话,他在电话里的语气也没有改变。

通常情况下,普通民众面对现任首相,不论其对首相是尊敬还是轻蔑,都会因为情绪变化而发生语气上的变化,像这个男人这么从容的人并不多见。

左文字脑海中出现了一个身体不算强壮的男人的形象,但他也并非白面书生。

此人虽然看上去很平凡,但是头脑极其聪明。

他虽然像是一个手无缚鸡之力的人,实际上却是个空手道高手。

他觉得那个男人应该就是这个样子的。

人,尤其是男人,光靠聪明是无法那样自信的,只有在一对一的肉搏战中稳操胜券,才能那样自信,那样冷静。

"蓝狮……"矢部警部郁闷地嘟囔了一句,然后对左文字说道,"你觉得那个男人真的有同伙吗？他说自己属于某个组织,是否只是在虚张声势？"

"我不知道。不过,我们在采取对策的时候,还是认为真的有这么一个组织比较好,这样假设对民众来说更安全！"

"'奥林匹克作战计划'到底是什么意思呢？"署长环视了一下屋内的三个人说道。

这位稍微有些肥胖、看上去非常憨厚的署长,在遇到这起离奇的绑架案后,神情也变得十分严肃。

"他该不会是在炫耀许多年轻人都参与了他们的组织吧？"说这句话的人是史子。

"有可能！"署长点点头,但脸上并没有流露出赞同这种想法的表情。

"你怎么看？"矢部警部看着左文字。

左文字又点燃一支烟。他面前的烟灰缸里已经满是烟蒂。

情绪一紧张,左文字就会变成烟鬼,而这也是他最充实的时候。

"我在美国的时候,对战争史颇有兴趣,翻阅过很多关于第二次世界大战的资料,其中就有关于太平洋战争的资料。美军进攻冲绳的冲绳岛战役结束后不久,整个战争也结束了。如果日本不投降的话,美军就会考虑发动对日本本土的陆上作战计划,地点是日本九州南部。而这个在日本本土发动的陆上作战计划的名字就叫'奥林匹克行动'[①]。"

"根据这个历史事件,嫌疑人将他们的犯罪计划命名为'奥林匹克作战计划',是吗?"

"从'占领全日本'这个角度来看,这个名字还是相当贴切的。如果美军在九州南部实施完'奥林匹克行动'计划后,日本还不投降,那么美军就会在两个月后进攻位于日本中心地带的关东平原,这次行动被称为'小王冠行动'。"

"如此说来,这次案件的嫌疑人很有可能对二战史有着浓厚的兴趣!"

署长对这个话题很感兴趣,因为他自己对战争史也颇有研究。

左文字微微一笑:

"嫌疑人或许是将他们的行动比作战争,用这种方式挑衅日本政府!"

"这么一来,这起案件就很麻烦了!"

"正因如此,我们才会向你们这些民间刑侦高手寻求帮助!"矢部说道。

"我会不留余力地协助你们,但我是专业人士,请记得支付

[①] 奥林匹克行动(Operation Olympic)和小王冠行动(Operation Coronet)是没落行动(Operation Downfall)的两个部分。没落行动(Operation Downfall)是第二次世界大战末期,盟军所酝酿的对日本本土的进攻计划。后由于日本在广岛和长崎遭受两次核打击,同时苏联也对其宣战,而于八月中旬无条件投降,计划遂告取消。

给我酬劳！"

"好吧。首相已经通过渡边秘书官,了解了你的情况。你的酬劳可以从首相的私人费用中拨出。"

"我的活动经费是每天一万日元,成功逮捕嫌疑人的酬劳另算。"

"开私家侦探事务所可真是一门好生意！"

"在美国,私家侦探每天收取约一百美元的酬劳是很普遍的！"

"我知道了。"

"我还有一个问题。"

"什么问题？"

"号称破案能力世界第一的日本警察,为什么要花钱聘请我这个民间侦探来协助你们呢？"

"因为这次的案件非常特殊、非常棘手,所以我们才会请你协助我们破案！没错,警察虽然优秀,但是遇到这种特殊案件,我们除了使用警方的传统方式调查,也希望你们民间侦探能够用你们的方法协助警方调查,以便尽快破案,因此,我们才会来拜托你们！"

"真为难啊！"左文字笑道。

矢部警部一脸不悦地说：

"你这是什么意思？"

"你就跟我说实话吧！实际情况是不是这样的：我们碰巧出

现在杀人现场———一个离奇绑架案的凶案现场。如果我们只是普通人，那倒也没什么。可我们是私家侦探且对此案十分感兴趣。我们擅自调查此案，会给你们带来许多麻烦，与其如此，还不如直接让我们协助你们调查，这样，咱们就成了拴在一条绳上的蚂蚱，不是吗？"

"我真是服了你了！"矢部警部笑道。

9

左文字和史子回到侦探事务所。

夜深了，从三十六楼的窗户向外望去，夜晚的东京美得如梦似幻。那一条闪闪发亮的河水般的道路，应该就是甲州街道①吧？

"东京的夜景比旧金山的夜景美多了！"

左文字坐在摇椅上，看着窗外，如果离窗户太近，就会因为楼层太高而产生一种仿佛要坠入夜晚的深渊的错觉。

"那是因为楼层太高，看不到下面的人啊！"史子说道。

"一想到下面有很多人在走动，其中或许还有杀害那一对无辜的年轻情侣的凶手，我就觉得这美丽的夜景黯然失色了！"

---

① 日本一条历史悠久的路。

"我本来想鼓励你,现在咱们好不容易有工作了,你却看夜景看得入迷!你不会是因为一个月来无所事事而头脑不灵活了吧?"

"我那灰色的脑细胞还健在。不过老实说,我现在对'蓝狮'还没有什么对策。我想,警察们应该也和我一样吧!"

"你认为'蓝狮'接下来会有什么行动?"

"他们明天应该还会给首相官邸打电话,说他们已经杀害了两名人质,如果不支付五千亿日元的赎金,他们就会继续杀人。而警方无法阻止新的杀人事件发生,毕竟他们不知道'蓝狮'会在什么地方杀害什么人。那些人质也不知道自己已经变成了人质,无法提防他们!"

"这真是一起麻烦的案子啊!"

史子将椅子搬到左文字的身边,然后坐下。

"这确实是一起麻烦的案子,但也是一起有趣的案子!"

左文字点燃烟,史子也抽起了女士烟。

"你为什么说它有趣?"

"那个自称属于'蓝狮'组织的家伙认为这种绑架方法是他们首创的,但是以前也有人做过类似的事。那起案件的嫌疑人在城市的某个地方放置了定时炸弹,然后威胁政府,如果不希望有人员伤亡,就得给他们钱。如果类似的事情都算是绑架的话,那么空中劫机、海上劫船都属于绑架了。那些劫持者登上飞机或轮船后,大都会用武器威胁乘客,而'蓝狮'却没有那么做,他们只是给首相官邸打电话,声称他们绑架了一亿两千万人,将他们当成人质,仅此而已,连小孩子也能打这种电话。因此,他们杀人也不是漫无目的地杀人,而是因为政府没有交赎金,他们不得已才杀害人质。而且,我们无法阻止他们!"

"你现在好像是在称赞'蓝狮'这帮目无法纪的家伙,夸他们头脑聪明!"

"他们确实很聪明!"

"我觉得,他们很聪明,也很愚蠢!"

"他们哪里愚蠢?"

"他们让首相支付五千亿日元防卫预算作为赎金,可是日本的国家预算不是首相个人可以随意支配的,这一点连小孩子都知道!"

"他们说,也可以将商界给保守党捐赠的那五百亿日元当赎金交给他们!"

"这也不是保守党总裁自己能决定的事。在此之前,大家都知道,保守党发生过类似的纠纷,总裁的权力其实并没有那么大,也就是说,嫌疑人提出的要求,首相不可能满足。他们这么做,你还能说他们头脑聪明吗?"

"你说得没错,正因为如此,我才对即将发生的事很感兴趣。嫌疑人不是笨蛋,他是个冷酷又聪明的男人。如果他有同伙,那么其同伙的头脑应该和他差不多。咱们很快就会知道他们想要干什么了。知道他们接下来的行动,这起案子就有转机了!"

"我能问你一个问题吗？"

"什么问题？"

"如果首相有权力支付五千亿日元赎金，并且真的支付了，那么嫌疑人要怎么收这笔钱呢？就算一个箱子能装一亿日元纸币，五千亿日元纸币也得需要五千个箱子吧？"

第二章　重要证人

1

二十岁的青木利光和十九岁的横尾美津子是被自称"蓝狮"组织成员的嫌疑人当成人质杀害的。虽然这一点毫无疑问,但是为了慎重起见,警察还是调查了两个被害者的人际关系。

青木和横尾都没和父母同住,他们居住在东京的公寓里。在学校里,他们虽然不算是特别好的学生,但是也没有什么仇人。青木的朋友和美津子的朋友都知道两个人的关系。

父母给他们的生活费,在学生中属于中等水平,他们没有跟别人借过钱,也没有跟谁结过仇。

案件发生的第二天——三月二十五日的早报,刊登了二人"莫名其妙死亡"的消息,并对此事进行了评论:"竟然有人故意在砂糖中放入了氰化钾,没有比这更恶劣的恶作剧了!"

因为相关部门收到了禁令,所以报纸等媒体没有报道"蓝狮"组织成员给首相官邸打威胁电话的事。

不让媒体公布事件的真相,其实是首相的意思。

早上,矢部警部将报纸塞进大衣口袋,向首相官邸走去。

由于首相公邸房舍陈旧,居住不便,因此历代首相大都住在自己家的宅邸,早上从宅邸去位于千代田区永田町的官邸上班,而现任首相则住在首相公邸,然后从公邸前往官邸上班。

渡边秘书官在官邸门口迎接矢部警部。他很年轻,只有三十五岁,是T大学毕业的高才生,当然,他的目标是成为一名政治家。跟这种人打交道使矢部很头疼。

"'蓝狮'还没有打来电话吗?"

"还没有。"

渡边秘书官透过无框眼镜,强势地看着矢部。

"找到和嫌疑人有关的线索了吗?"

"没有。首相现在在哪里呢?"

"今天下午两点有场内阁会议,他已经离开了。"

"首相看过今天早上的报纸了吗?"

"他总是一边吃早饭,一边浏览当天的报纸。"

"他提到过新宿被害的那对情侣吗?"

"没有。他只是说,首相不会屈服于任何威胁!"

"这样啊……"

矢部进入书房。如果仅凭首相的威望就能解决这次的事件,那当然再好不过了。

从昨天起就住在书房里的两名刑警和两名技术员走过来迎

接矢部,他们看起来十分紧张。

"蓝狮"组织的成员之前打来的三通电话,都是在下午两点打来的,因此在两点前后的这段时间里,刑警和技术员必须到场。

女服务员端来了红茶和饼干。

矢部喝红茶时没有放糖,他似乎也没打算吃饼干。为了使自己冷静下来,他点燃一支烟,然后望着窗外的草坪。草坪长出了绿芽。

"这真是一起荒唐的案子!"矢部喃喃道。

他当了十六年警察,头一次碰到这种案件。

这起案件虽然荒唐,却不得不重视,以目前的状况来看,他根本无法解决这件事,这让他非常生气。

下午两点,矢部刚看了一眼桌上的电话,尖厉的铃声就响了。

"接吧!"矢部对渡边秘书官说道。

秘书官拿起电话听筒,录音机转动起来,声音通过录音机的扬声器回荡在房间里。

秘书官:"喂?"

男人:"是我,我是'蓝狮'组织的成员!我现在悲痛不已,迫于无奈,我们杀害了两名人质!首相要对此事负责,因为他拒绝了我们的要求!"

秘书官:"首相也有办不到的事。你这么聪明,应该很清楚,首相不可能自由支配五千亿日元的国家预算!"

男人:"我们已经让步了,只要他把商界给保守党的那笔五百亿政治捐款给我们就行。难道他连这件事也做不到吗?"

秘书官:"你这就是强人所难了!"

男人:"选举的时候,他不是很轻松地从商界要到几百亿日元的援助费吗?现在为了一亿两千万日本国民的生命安全,他就不能再求他们一次吗?"

秘书官:"身为保守党总裁,首相是不可能对商界提出这种要求的!"

男人:"我可以把你刚才说的这句话当成首相的回复吗?"

秘书官:"这是我个人的意见。如果首相在场,他也会这么说的!"

男人:"如果日本首相对国民的生命安全毫不关心,那么我们也没办法了。我们的要求竟然再次遭到拒绝,这真令人难过!看来,我们只好夺走下一名人质的生命了!"

秘书官:"你等一下!"

男人:"接下来,还会有人质被害!首相和政府会在以下这两方面遭到社会舆论的猛烈抨击。第一,首相对日本国民的生命安全漠不关心。第二,即使每年投入五千亿日元的防卫预算,政府依旧无法保障国民的安全。"

秘书官:"喂,喂,你……咱们能再谈一下吗?"

男人:"如果不打算接受我们的要求,继续谈下去也是浪费时间!"

秘书官:"喂,喂,喂,喂!"

"他把电话挂断了!"

渡边秘书官用手背擦拭着额头上的汗水。

"跟踪定位到那个人打电话的位置了吗?"

"通话时间太短,无法定位!"技术员摇了摇头。

"没有其他的办法了吗?"

渡边秘书官用责备的眼神看着矢部警部。

"从现在的情况来看,我们无能为力!"矢部坦率地回答道。

"难道你们就什么事都不做,眼睁睁地看着无辜的人被杀害吗?难道警方对此无动于衷吗?"

"无辜的人被杀害,我们怎么可能无动于衷?"矢部表情严肃地说道。

身为这起案件的负责人,他比谁都着急。他停顿了一下,继续说道:

"不过,请大家想一想,被绑架的人质超过一亿名,全国一共二十万名警察,警察无法随时保护一亿多人的安全。而且,如果嫌疑人说的是真的,他有同伙,而且分散在日本各地,那么下一次杀人事件有可能发生在北海道,也有可能发生在九州。那些嫌疑人可以在任意时间、任意地点,杀害无辜的人!防范他们是不可能的事!除非碰巧有警察遇到他们作案,或者有目击者发现他们正在行凶,那就另当别论了,但是,就上一起命案的作案手法来看,那些嫌疑人并不是白痴!"

"就没有其他的办法了吗?如果这件事闹大了,说不定会影响首相的民众支持率。我倒是有个想法,你看是否可行。既然嫌疑人每天下午两点左右给我们打电话,那么就让警察在两点前后这个时间段盯着街上的公用电话亭。如果嫌疑人用的是普通的公用电话,那么可能监控起来有些困难,可如果嫌疑人用的是公用电话亭,那么,公用电话亭的数量应该不会太多,警察是可以监控公用电话亭的使用者的!"

听完渡边的建议,矢部微笑着说:

"当然可以!我可以命令警察监控东京所有的公用电话亭,然后让他们调查所有在下午两点打电话的人。你刚才不是说公用电话亭的数量不会太多吗?仅东京的二十三个区,就有九千两百三十四个公用电话亭!"

"警方不能用这种方法抓住嫌疑人吗?"

"如果能用这种方法抓住嫌疑人,那当然好,但是这很难做到!"

"为什么?"

"在那个时间段里,嫌疑人也许会在东京都内的公用电话亭里打电话。就算警察发现了嫌疑人并将其逮捕,也没有证据起诉那个人,因为那个人也没有犯什么罪啊!"

"绑架可是重罪啊!"

"渡边先生,绑架一亿两千万日本国民只是嫌疑人随口说的话,检察官无法因此以绑架罪起诉他们。在这一点上,嫌疑人作案的方式是相当巧妙的。正如嫌疑人说的那样,如今的案件虽然和绑架案相似,却不完全是绑架案。这就是其巧妙之处。现在死了两个人,这起案件已经变成杀人案了。我不认为头脑聪明的嫌疑人会在东京街头的公用电话亭里打勒索电话,他用的应该是私人电话,或者是离这里很远的地方的公用电话。他可以在札幌或福冈拨打东京的电话!"

"那么,我们就没有办法抓捕他们了吗?"

"我们会竭尽全力抓捕他们的。唯一值得庆幸的是,嫌疑人似乎并不是杀人狂,我想,他们应该不会大规模杀人。"

2

众议院大臣办公室会按照惯例举行会议,当没有特别重要的议题时,会议就会显得相当无聊。

这一天,会议才开了三十分钟就结束了,在接下来的闲谈中,首相将那通蹊跷的勒索电话的事告诉了内阁成员。

"这件事我已经跟法务大臣说过了。如果只是听我口述,诸位也许很难弄清此事,我把录有通话内容的录音带拿来了,诸位可以听一听!"

首相将带来的录音机放在桌子上,内阁成员们表情严肃地听着电话录音。

录音播放完之后,首相说:

"大家对这件事怎么看?我想听听诸位的想法!"

"岂有此理!"喜欢浪花曲①的建设大臣②大木用粗犷的声音吼道,"这些家伙一定是激进派分子!对这种人,我们一步也不能退让!把他们抓起来送进监狱,是解决这件事最好的办法!"

"他们其实就是想让我们将那五千亿日元的防卫预算当成赎金交给他们,什么'蓝狮',什么'奥林匹克作战计划',都是他们编造的!"副首相、财务大臣井原说道。

作为下届首相的候选人,他似乎也意识到了自己"首相"的身份,于是,他委婉地批评道:

"他们会不会是听首相说要自掏腰包给他们钱,才更肆无忌惮的?"

比起事件本身,井原更在意的是这件事会不会给自己的竞争对手——现任首相带来负面影响。

---

① 一种用三味线伴奏的日本民间说唱歌曲。
② 这里的建设大臣,以及下文中的财务大臣、外务大臣、自治大臣、经济产业大臣、运输大臣、国务大臣等,都是日本内阁中的职位。

虽然现任首相因平易近人而得到了较多的民众支持,但是他在党内却属于少数派,他的反对者较多。如果现任首相犯了严重的错误,那么下一届首相的位子,毫无疑问就会轮到井原来坐。

"但是,井原君……"首相用眼镜片后面那双小眼睛看着井原,"对方扬言要杀害人质,这种人命关天的事,我们必须要慎重对待!"

"法务大臣,"建设大臣大木再次用粗犷的声音大声问道,"这件事真的不属于绑架案吗?嫌疑人在录音中还狂妄地对'绑架'这个词进行了法律阐释呢!"

法务大臣田岛思考片刻,带着怒气结结巴巴地说:

"这……这算哪门子绑架啊!"

"法务大臣,尽管如此,事情不还是发生了吗?"这个用平静的声音插话的人,是如今内阁中的鸽派①、知识分子外务大臣望月,"无论法律如何定义'绑架'这个概念,这一亿多人现在都已经是他们的人质了。问题是,我们要怎样保护人质的安全呢?"

"确实如此,这简直是前所未闻的事!老夫除了生气外别无他法,真想杀了那名嫌疑人!"

"警方采取了什么样的对策呢?"井原看向国家公安委员长

---

① 政治名词,用以形容主张采取柔性温和的态度及手段处理外交、军事等问题的人士、团体或势力。

小泽。

小泽今年五十三岁,是内阁中最年轻的成员。他首次担任国务大臣,因此,此刻的他正干劲儿十足。

"我听了警方关于此案的报告,我会督促警方尽快逮捕嫌疑人!"

"我想听听警方的对策!"

"我们动员了上百名刑警,全力以赴,追捕嫌疑人……"

"但是,昨晚新宿有一对年轻情侣被'蓝狮'组织的成员杀害了!"井原不怀好意地看着小泽。

这位国家公安委员长和首相是同一派系的,因此井原才会用刻薄的语气刁难他。

"那对情侣……"

小泽用手帕擦了擦额头上的汗:

"那对情侣不一定就是此案的受害人。这并非在为警方辩护,类似的案子前所未有,我们不可能对一亿人进行一对一的保护,如果把这件事公之于众,可能会造成社会不安定。谁也不知道下一个被害者是谁!"

"可是,我们现在没有对策吗?如果不断有人质被害,即使我们守口如瓶,记者们也会闻讯而来。如果不能在记者发现这件事之前将嫌疑人绳之以法,我们就会受到舆论谴责!只要有坏事发生,民众就会将其责任归咎于政府!"

"这件事不见得是坏事!"

说这话的人是防卫厅长官木村。他被认为是鸽派政治家，但在就任防卫厅长官后，他的言辞变得强硬了。这也许是因为他原本就是鹰派①的人，也许是因为他在就职典礼的阅兵式上看到了威猛的战车、大炮以及导弹，所以才变成了鹰派。

"木村君，你为什么这么说？"首相惊讶地看着防卫厅长官。

"有一部分日本国民是很无知的，他们认为国家的安全是可以免费得到的，而这种观点经常受到外国人的指责！"

"这件事我知道。两个星期前，美国国防部副部长在国会发表演说，认为日本应增强自卫力量。这次演说中就提到过你刚才说的内容。可是，这与这起令人发指的案件有什么关系呢？"

"这次发生的事，既是国家的事，也是国民的事。虽然如今的日本社会相对来说比较和平、比较安全，但很多国民并不知道，这有赖于日本政府的不懈努力，有赖于自卫队和警察的保护。如果这起案件能让民众感到不安的话，他们就会重新认识到和平与安全的可贵，意识到他们的和平与安全是靠什么维持的。如此一来，就不会有人反对增加警力及相关开支了。因此我才会说，此事公之于众未必是件坏事！"

防卫厅长官木村抽动了一下鼻子，多少有些得意。

上任后，他就一直强调增强国防，只要政府稍微有点儿打算

---

① 政治名词，用来形容主张采取强势外交手段或积极军事扩张的人士、团体或势力。

47

增加相关开支的意思,他就会很高兴。

"你难道不怕这件事引发国民的不安吗?"自治大臣粕谷提出了不同的意见。

自治大臣这个职位两头不讨好,自治省的所辖事项,极少会成为内阁会议上亟待解决的议案。而且,粕谷本人也是一个个子矮小、不太显眼的男人。

"如果此事公开并引起了民众的不安情绪,那么拥有高性能武器的自卫队和拥有数万之众的警察无法保护国民安全的事就会尽人皆知,这难道不会使民众质疑自卫队和警察机关吗?"

"不会的,日本国民是相当聪明的,他们会明白的!"

木村已经忘记自己刚才说过"有一部分日本国民是很无知的"这件事。

副首相井原坚持说:

"总之,首相亲自接电话这种做法实在是太草率了!"

首相正要反驳,秘书官走了进来,递给他一张便条。

首相抬起他的黑框眼镜,读完了便条。

"刚才嫌疑人又给官邸打来电话,声称如果首相不答应他们的要求,他们就继续杀害人质!"

3

第二天,新宿警署的特别搜查部①里聚集了四十七名刑警,他们负责侦破这起案件。

警署聚集起这四十七名刑警纯属偶然,但这却让矢部警部想起四十七士②的故事,他认为"四十七"是一个很吉利的数字。

这群人中,有为了调查此案而刚从别的区调来的刑警,因此,矢部再次对这四十七名刑警讲述了事件的经过,然后播放录音。巨大的录音声响彻整个房间。

"这就是嫌疑人的声音,你们要将这个声音牢牢地记在脑袋里!"矢部环视着这四十七个人说道。

"如果我们能进行公开调查,在广播上和电视上播放这盒录音带并且得到民众的协助,那就再好不过了,但是那样做会使民众不安,所以不能那样做。因此,你们要竖起耳朵,记住这个声音,找出它的主人!"

接着矢部在黑板上写下刑警们的名字,把他们分成三个组。

"一组共十五人,继续排查新宿西口异乡人咖啡厅的客人。那对被害的情侣坐的是十八号桌,在他们之前坐在那桌的客人,

---

① 日本检察厅所属的一个特别机构,简称特搜部。它专门针对政治人物贪污、重大偷税漏税和经济贿赂等案进行调查。
② 即日本赤穗浪士。在元禄十五年,有四十七名武士给旧主浅野长炬报仇。后来,人们常称其为四十七士或者四十七义士。

是个留着络腮胡的男人。现在我们还不知道这个男人是不是那个往糖罐中放氰化钾的嫌疑人,即使他不是嫌疑人,我们找到他也可以得到一些线索,可以了解在他之前坐在那桌的客人有什么特征。请耐心地沿着这条线索调查。另外,坐在其他桌的客人、店里的工作人员,也有可能看到可疑的人。"

矢部布置完任务,一组的刑警们离开了。

"我希望二组的十五名刑警协助其他警察,清除激进派的势力。从勒索电话中的嫌疑人索要防卫预算的情况来看,这起案件有可能是激进派的新的恐怖行动。你们可以跟相关负责人索要激进派分子的名单,然后在东京都内进行排查,或许能找到一些线索。"

二组的十五名成员走出房间后,矢部把剩下的十七名刑警召集到自己身边。

"还有很多工作等着你们去做。昨天下午两点,嫌疑人打来电话的时候,警察监视了东京都内所有的公用电话亭。结果显示,在那段时间里,共有五十七个人使用过公用电话亭,其中有二十一名男性。这二十一个人的住址全都记录在这里,你们中要有十个人去调查这些男人!"

矢部把复印好的名单交给十名刑警。

这十名刑警选择好各自所需调查的人之后走出房间。

房间里还剩下七名刑警。

"你们作为机动部队留在这里,应对突发事件。嫌疑人曾在下午两点打来的电话中说,由于首相没有满足他们的要求,所以他们会杀害新的人质。新的杀人案一旦发生,你们就要奔赴现场!"

矢部因紧张而面色苍白。

在一亿两千万名人质里,婴幼儿和中小学生可以受到学校和家庭的特别保护,他们遭到毒手的概率不大。自卫队员和警察因为持有武器又总是集体行动,所以他们被杀害的概率应该也不大。将这些人排除在外,还有数千万普通人,警方无法时刻保护他们,这使不安的矢部心情更加沉重。

在什么时间、什么地点、杀死什么人,完全由嫌疑人决定,这使矢部万分焦虑。如果嫌疑人对政府要员进行恐怖袭击的话,警方倒是还有保护他们的办法。

"警部!"剩下七名刑警中的一人对矢部说道。

"什么事?"

"嫌疑人在录音中使用了'我们'这个复数称谓,您认为对方是一个人作案还是团伙作案呢?"

"这个问题很难回答!"矢部实话实说。他没有继续说下去,而是望着窗外。

黄昏笼罩着街市。

夜幕降临,路灯一盏盏地亮了起来,马路上像往常一样车来车往,年轻情侣和拖家带口的中年人在人行道上走着。

今天是三月二十六日,星期六。

歌舞伎町附近通宵营业的电影院和酒吧一定又会热闹一整晚吧。

如果嫌疑人就在这喧闹的人群中的话,或许会有人在毫无理由的情况下被杀害——对嫌疑人而言,杀害人质本身就是他们杀人的理由。

不,很有可能已经有人遇害了!

矢部回过头来,对剩下的七名刑警说:

"说实话,我也不知道对方是不是团伙作案,四次电话出现的声音都来自同一个人。从这一点来看,他应该是一个人作案。他对我们说自己有同伙,有可能是在掩饰。但是,从他自称他们是'蓝狮'组织的成员这一点来看,那个人也有可能真的是某一个犯罪团伙的成员!"

"如果他有同伙,他的同伙也许仅不在东京,还可能散布在日本各地,那么接下来的受害者就不一定在东京了!"矢部脸色发青,"这也是我现在最担心的事!"

矢部想起自己曾经去过的北海道的新千岁机场、札幌市街、札幌的定山溪温泉等地。

去年夏天,矢部还去过九州的樱岛和岛原半岛出差。下一名人质会在日本的北海道或九州的某处被杀害吗?

4

刑警们来到位于新宿西口高层大厦内的异乡人咖啡厅。

"他来了！"经理小声说道。

谷木刑警"啊"了一声，和同事井上刑警一起环视店内。

经理小声地说：

"那个男人就是在那对年轻情侣被害前，坐在那张桌子边的客人。靠窗的那张桌子上，不是有个留着络腮胡子、穿着咖啡色毛衣的长发男人吗？就是那个男人！"

"你确定是他吗？"

"没错，店里的女服务员也说就是那个男人！"

"好，咱们去看看！"

谷木刑警催促着一旁的井上刑警。

可能是因为报纸上报道了这家咖啡厅发生过命案，此时咖啡厅只有一半左右的桌子边有客人。

两名刑警从桌子的两侧包抄过来。

或许是因为脸上有胡子，这个男人从远处看像是三十多岁，走近一看，也就二十五六岁。

谷木刑警出示了自己的证件。

"请跟我们走一趟！"

瞬间，男人的脸上浮现出困惑的神色。他站起身，又坐到椅子上。

"我什么都没有做啊!"

"我知道,我们有点儿事想问你!"

"你们不能在这里问吗?"

"事情很复杂,一时半会儿也说不清楚。请你跟我们去一趟警署!"谷木刑警语气强硬。

咖啡厅里的客人都看向这边。

男人无法忍受人们异样的目光,说道:

"我知道了!"

他不悦地从椅子上拿起牛皮背包。

"我的咖啡还没喝完,你们会支付这杯咖啡的钱吗?"

"我会支付的。"谷木刑警露出苦笑。

两位刑警将这个男人带回特别搜查部后,矢部亲自询问此人。他并不是信不过部下,而是觉得不做点儿什么,就无法让自己平静下来。

在一间窗户镶着铁栅栏的审讯室里,矢部与那个男人面对面坐下。

"请告诉我你的名字!"

矢部露出温柔的笑容,递给男人一支烟。

男人接过那支烟,并将它点燃。

"你们到底要做什么啊?你们这样,我心里很不舒服!"

"为什么会不舒服呢?"

"因为你的态度太亲切了!"

"我是一名随和的警察。对了,你叫什么名字?"

"八木良平,二十六岁。我想成为音乐家,但是得不到听众的认可。"

"你知道前天有一对情侣在那家咖啡厅里被人害死了吗?"

"我在报纸上看过这条新闻。"

"当时,那两个人坐的就是你刚刚离开的那张桌子。他们点了咖啡,然后在咖啡里加了一些桌子上糖罐里的砂糖,而那些砂糖被人放了氰化钾!"

"现在的社会真是太危险了!刑警先生,我说得对吧?"

"喂!"矢部突然吼了一声,怒视对方,"不要说那种幼稚的废话!你知道什么就说什么!"

青年脸色煞白,惊恐地看着矢部:

"我什么也……"

"你听好,现在死了两个人,他们是被人杀害的,而你的嫌疑最大!你讨厌我用亲切的态度对待你,这一点就很像嫌疑人!你杀了两个人,至少要坐十五六年牢!你现在还在跟我嬉皮笑脸,你的胆子可够大的!"

看着气势汹汹的矢部,八木良平吓得缩成一团。他虽然身材高大,留着帅气的胡子,但是实际上非常胆小。

"不是我!"八木哭着说道。

"你能证明自己是清白的吗?能吗?"

"我真的没有往砂糖里放氰化钾!"

"那么,你没有任何证据证明自己是清白的,是吗?在那对被害的年轻情侣来到咖啡厅前,你一直坐在那张桌子边。你在糖罐里放了氰化钾,毒死随后坐在那里的那对情侣!任谁都会这么想!"

"这怎么可能?我不可能做出那种事!我和那对死去的情侣素不相识!"

"杀死谁都可以,你不是以杀人为乐吗?"

"怎么会……"

"那你为什么没有死?你不是也点了一杯咖啡吗?"

"我喝的是黑咖啡,没有加糖。前一天,我跟朋友们一起喝酒,喝多了,为了解决宿醉的问题,我就喝了黑咖啡。如果不是因为宿醉,我也会往咖啡里加糖,那样的话,我也会死的!"八木脸色苍白地说道。

"你现在才开始害怕吗?那么,你就回忆一下吧!"

"回忆什么?"

"在你之前,那张桌子旁坐着什么样的客人。你好好想一想,谁在那里坐过?"

"好像是两个女大学生模样的年轻女孩儿!"

"你没有骗我吧?"

"我可不想被警方当成杀人犯!我一定会全力配合你的!"

"那时,店里还有其他客人吗?"

"那时,店里有三四张桌子是空着的。"

"那么,你为什么不坐到其他空座位上去?"

"我喜欢坐在靠窗的位置,所以一直等着那张桌子空出来才过去,因此,我仔细地观察过那两个女孩儿!"

"她们喝的是什么饮料?"

"一个人喝的是可乐,另一个人喝的是奶茶。因为这两种饮料都不需要放糖,所以她们躲过一劫!"

八木说到这里,谷木刑警走了进来,在矢部耳旁说:

"他的背包里有两百克违禁药品以及两万六千日元现金!"

"嗯!"矢部应了一声,说了句"替我一下",便走出审讯室。

回到特别搜查部的办公室里,担任新宿警署部长的松崎问矢部:

"情况如何?那个胡子男像不像凶手?"

"应该不是,他只是一个将违禁药品贩卖给同伙、赚点儿零花钱的家伙。那个家伙是做不出绑架全体日本国民并向首相索要赎金的事来的!"

"那真是太遗憾了,我还以为他是凶手之一呢!"

"不过,那个家伙回忆起在他之前,有两名年轻的女孩儿坐在那张出事的桌子旁。我想,那个家伙是想在那张桌子边进行违禁药品交易,所以才会等它空下来。不过,幸亏有他提供的这些线索,我们稍后可以制作那两个女孩儿的拼图画像。"

"那两个女孩儿是凶手的同伙,她们在糖罐里放入了氰化钾,是吗?"

"如果是那样的话就太好了,案件就可以侦破了。我想大概率不是那样的,她们点的好像是可乐和奶茶。"

"你为什么说她们和凶手不是一伙的?你有证据吗?"

"在糖罐里放入氰化钾粉末,这件事本身没什么难度,只要将氰化钾粉末倒进糖罐并且搅拌一下即可。在那种店里做这种事,只要稍微有些不自然,就会引起其他客人的注意。人是很容易观察到别人的异常举动的!"

"确实如此。可乐跟奶茶都没有必要放糖,如果她们使用糖罐,就会让人觉得奇怪!"

"是的,也就是说,嫌疑人应该是点了咖啡或红茶,在使用砂糖时,将氰化钾粉末放进了糖罐里!"

"既然如此,为什么要给点咖啡和奶茶的女孩儿做拼图画像呢?"

"我想顺藤摸瓜,如果那两个女孩儿还能记得在她们之前坐在那张桌子旁的客人的样子,我们就能找到那个人。这虽然是一个笨办法,但它也是现阶段找出嫌疑人的唯一方法!"

"好,那就试试看吧!"

松崎立即给警署的科研部门打了电话。

三十分钟后,科研部门的技术员将制作拼图画像用的工具全都运到了特别搜查部。

警察们将工具搬进空荡荡的审讯室,然后将八木良平带了进来。因为警察发现了背包里的违禁药品,所以八木变得很老实,十分配合技术员的工作。

四十分钟后,两张年轻女孩儿的拼图画像就制作完毕了。

"他很配合!"技术员一边擦汗,一边对矢部说道。

"他是想以配合你作为条件,让我对违禁药品的事睁一只眼闭一只眼!"

"辛苦你了!"

两张拼图画像上的女孩儿都非常可爱。

"你看看这两张拼图画像,像不像你见过的那两个女孩儿?"矢部问八木。

八木揉着眼睛说:

"这就是我见过的那两个女孩儿!她们就长这样!"

"这样啊!"矢部点点头。

他让谷木刑警和井上刑警,带着拼图画像再去一趟异乡人咖啡厅。如果她们是那家店的常客,那么店老板和女服务员应该能记得她们的相貌。

"我帮你们制作了近一个小时的拼图画像,违禁药品的事能不能放过我?在美国,携带那些药品是不会被逮捕的!"

"你说什么?"矢部恶狠狠地瞪着八木。

"我很配合警察……"

"你一定要记住,你是杀人案的嫌疑人!你配合警方制作拼图画像,做得好,你的嫌疑就会变小,也就是说,你是在为自己制作拼图画像!你还想怎样?你以为你协助过警察,你携带违禁药品的事就可以算了?"

"我知道了。"八木怯懦地小声说道。

"与其被当成杀人犯,还不如因持有违禁药品而被起诉!"

"持有且买卖违禁药品。"

5

人们常说,刑警与便衣警察的关系不太融洽。

调查意识形态案件①的便衣警察与穿着皱巴巴警服的刑警不同,他们经费充足,时常穿着伦敦产的笔挺西装,因为他们不能被人看出来是警察。为了挤进激进派学生中,他们有时会穿上学生服,有时会穿上夹克和短裤。和穿着磨破的鞋子、浑身是汗臭味儿的刑警相比,便衣警察显得更聪明、更时髦。

双方有时也会因此互相攀比。

不过,在这起案件中,他们不得不通力合作。

第二组刑警的第一次汇报是在晚上七点左右开始的。第二班共十五人,担任负责人的是松田刑警。

"便衣警察对我们讲了很多事,说会尽力配合我们。"

"那么他们那边的意见是什么?他们认为这件事是政治激

---

① 即政治、宗教等方面的案件。

进派干的吗？"

"他们中有七成的人认为不太可能是激进派干的。"

"理由是什么？"

"听说现在激进派的最大目标就是救出现在关押在监狱里的激进派头领。如果这是他们的计划，即使要钱，他们也会要求先释放那些激进派头领。"

"原来如此！那么剩下的三成人是怎么想的？"

"他们认为，从对方索要五千亿日元的防卫预算来看，这像是激进派的做法。防卫厅也是激进派那伙人攻击的目标之一，他们经常往自卫队的驻扎地投掷燃烧瓶。"

"便衣警察已经掌握那些激进派分子的行踪了吗？"

"现在比较活跃的激进派分子有数十人，全都在搞地下活动，警方无法掌握他们的行踪！"

"便衣警察的速度不行啊！"矢部毫不客气地说道。

电话那头的松田发出愉快的笑声。

"所以便衣警察才会协助咱们，他们其实是想趁机抓住那些人。让他们见识一下咱们的调查能力吧！"

"拜托了！"矢部说道。

对那二十一个昨天下午两点在东京都内使用公用电话亭的男人的调查，虽然进展缓慢，但仍在稳步进行。

到了晚上八点，警方已经确认那二十一个人中的九个人与本案无关。因为警方已经掌握了他们通话对象的身份。明天上午,对这二十一人的调查就可以结束了。

松崎部长将倒好的茶送到嘴边,望向窗外,对矢部说:

"天色暗了。"

矢部打开铝制窗户,夜晚的冷空气与汽车的嘈杂声、行人的脚步声、人们的说话声,一同涌进屋内。

那灯火通明的地方,应该就是歌舞伎町吧?

"你害怕吗?像今天这么害怕夜幕降临,我有生以来还是第一次!"矢部望向遥远的夜空,小声说道。

"你会害怕?"

"是啊,这种时候,或许就在黑夜之中的某个地方,嫌疑人正打算杀害一个毫不知情的无辜的人!"

"那个自称是'蓝狮'组织成员的嫌疑人真的会杀害新的人质吗?"

"我想,他们会的!"

"不管他们杀害多少人,他们也拿不到防卫预算,更拿不到商界送给保守党的政治捐款!"

"没错!"

"即使如此,你还说嫌疑人不是杀人狂!"

"对,所以我才想知道,嫌疑人及其不知是否存在的同伙们,到底在想什么?"

第三章　第二次行凶

1

同一天,北海道依旧笼罩在寒冬之中。

两天前,也就是三月二十四日那天,札幌市内大雪纷飞,遍地都是残雪堆积成的小山。

札幌的闹市区与东京、大阪的繁华场所一样,杂乱无章且毫无特色,但也有一些有趣之处。

札幌的薄野一带,一到发薪水的日子,街道就会变得非常热闹。

据说薄野现在有三千多家酒吧和夜总会,因为经济不景气,每家店店员的服务都很热情。

北二十四条的地铁终点附近的繁华场所,被称为第二薄野,是一个类似于东京浅草的热闹街区。

这里有一家叫K的电影院。因为是周六,所以电影院挂出了夜场电影的广告牌。广告牌贴着《寅次郎的故事》①的海报,电影院里座无虚席。

晚上九点,第二场电影结束了,人们涌出电影院。有些观众带着家人直接坐地铁回家,有些观众则会去酒吧喝上几杯。

五个男青年从电影院出来,停下脚步,窃窃私语了一会儿。他们打算去附近一家叫"粉红沙龙"的风俗店,他们并肩排成一列,像要占领马路一样,朝霓虹灯闪烁的地方走去。

走了大约二十米,他们之中一个高个子青年突然"啊"地惨叫一声,倒了下去。

"喂,振作点儿!"

朋友们伸出手拉住他。他们还以为被冻住的地面太滑了,他才会摔倒。但不论他们怎么拽他,那个青年还是瘫倒在地。

"你还没喝酒,就已经醉了吗?"

他的一个朋友笑着看向那个高个子青年,瞬间,他的笑容僵在脸上。

他发现摔倒的青年身体下方的积雪被染成了红色。

"快叫救护车!"他大声喊道。

---

① 日本系列喜剧电影。

2

那个不幸的青年叫岩田贡一,是一名札幌市的汽车维修工,由于失血过多,他死在了去医院的救护车上。

一颗三十二毫米口径的子弹射穿了他的后背。

毫无疑问,这是一起凶杀案,警方对此案设立了专门的调查组。警方在案发现场附近找到了那颗贯穿岩田贡一身体的子弹。

让刑警们感到遗憾的是,岩田的那些朋友不知道岩田中了枪,因此没有拨打报警电话,而是直接将其送往医院。

接到医院的通知后,警察才开始行动,其间大约有四十分钟。毫无疑问,嫌疑人有充足的时间逃离现场。

这五个青年从高中时代起就是好朋友了,毕业后,他们从事了不同的工作。面对刑警的询问,目睹岩田倒地的其他四个人都说没有听到枪声。

这也难怪,从昨天开始,附近就有人在维修自来水管,施工噪音相当大。而且,嫌疑人在向岩田开枪的时候,很有可能使用了手枪消声器。

"岩田贡一有没有仇家?"刑警环视着四个人问道。

一个在新干线札幌车站附近一家日式糕点店工作、稍微有些胖的人说:

"他没有仇家,也不会有人记恨他!"

"他是一个很好的人,是吗?"

"嗯,没有比他更好的人了!"

岩田的这位朋友将他做过的好事一一列举出来。他说,酒吧里有个女人被骗子骗走了所有的钱,她向岩田借钱,他不但没有拒绝,还到处筹钱借给她。

刑警们没有完全相信岩田这四位朋友的话,因为很少有人贬低死者。

刑警们连夜走访被害者岩田贡一的雇主、家人、高中时代的老师。事实证明,这四个人说的是事实。刑警们的脑海里浮现出一个懦弱且善良的青年的形象。

岩田贡一的两个姐姐都已结婚,拥有了自己的幸福家庭。他还有一个女朋友,两个人的关系很融洽。

刑警们迷惑不解,无论怎样调查,他们都找不到被害人被杀的理由。于是,他们便想到了以下这种情况。

当时,五个年轻人并肩走着,岩田贡一走在中间。嫌疑人也许想杀害五个人中的另外一个人,结果子弹射偏,击中了岩田。

这并非不可能,神枪手也未必百发百中,而且从现场调查结果来看,嫌疑人应该是在离受害者相当远的地方进行射击的,考虑到当时的气温是零下五摄氏度,所以警方有充分的理由相信,嫌疑人是因为射偏,这才命中了与自己毫无恩怨的岩田贡一。

第二天,即三月二十七日星期日,特别搜查部的刑警又对岩田的四个朋友进行了彻底的调查。

这四个人与岩田不同,他们有人加入过流氓团伙,有人有过强暴妇女的前科,很有可能成为被狙击的目标。

但是,调查在当天下午两点就中止了。

3

下午两点,矢部警部待在位于东京的首相官邸里。

昨天夜里,东京都内发生了一起杀人案、两起抢劫伤人案和一起纵火案,但是这几起案件的嫌疑人很快就被警方逮捕了。

杀人案是由夫妻吵架引发的。丈夫用木刀殴打妻子,结果失手将妻子杀死。警方认为,此案与眼下发生的绑架案没有关系。

另外两起抢劫伤人案,一起发生在酒店里,另一起发生在住宅区里,两起案件的嫌疑人都是失业的中年男子。

纵火案的嫌疑人是刚出院的年轻女子,纵火后,她依然待在现场,精神恍惚,警方立刻逮捕了她。

这些案件都跟绑架案无关,难道绑架案的嫌疑人停止杀人了?

要是那样就好了。

矢部刚想到这里,电话就响了。

渡边秘书官看了矢部一眼,矢部小声地对他说:

"如果是嫌疑人打来的,请你尽可能地延长通话时间!"

秘书官拿起电话听筒,录音机也转动起来。虽然这已是第五次接到"蓝狮"组织成员的电话,但紧张的空气依旧充斥着整个房间。

除秘书官以外,其余的人全都屏住呼吸。

"我是'蓝狮'组织的成员!"

男人的声音通过扬声器回荡在整个屋子里。

矢部脸色大变,电话里的声音明显跟前四次不同。之前那个男人的声音特别尖厉,而现在他们听到的这个声音没有那么尖厉,明显不是之前那个男人发出的。

难道这只是一通骚扰电话?不可能,媒体还不了解这起案件的内幕,只是将其当成普通的杀人案进行报道。当然,关于威胁电话的事,所有媒体都没有报道过。

除了政府相关官员和警方之外,知道此事的,只有身为私家侦探的左文字夫妇——他们不可能泄露这件事。矢部虽然不太喜欢左文字的个性,但是很信任他。

而这通电话中的男人冷不丁地使用了"蓝狮"这个名称,这是只有跟本案有关的人才知道的内容。由此看来,对方果然是多人团伙作案。

听到与前四次不同的说话声,渡边秘书官的脸上露出困惑的表情。

第二个男人:"你为什么不说话?这里不是首相官邸吗?"

秘书官:"这里是首相官邸,我是渡边秘书官。你的声音和之前那个男人的声音不一样,所以我有些困惑。"

第二个男人:"我们是有同伴的,不要小瞧我们'蓝狮'!"

秘书官:"那么,你们这次又有什么事呢?"

第二个男人:"你应该知道我们的要求吧?你们必须将五千亿日元的防卫预算当作一亿两千万名人质的赎金交给我们,或者将商界给保守党的那五百亿政治捐款一次性交给我们。如果能够确保日本国民的安全,即使将防卫预算全额交给我们,也是理所应当的!"

秘书官:"正如前天首相本人回复的那样,我们不能答应这种荒唐的要求!"

第二个男人:"由于你们的冥顽不灵,我们不得已又杀死了一名人质!这个责任应该由拒绝我们要求的无能首相及其政府来承担!"

"请让我来接电话!"

矢部从渡边秘书官手中夺过电话听筒。

矢部:"你们要在哪里作案?你们要杀害什么人?"

第二个男人："你是谁？"

矢部："我是首相的私人秘书，我叫矢部！"

第二个男人冷笑一声："胡说八道！我们对首相的情况做过详细的调查，他没有叫矢部的秘书。你是警察吧？你来接电话，我们很高兴。对这次的绑架案，警察一定感到束手无策了吧？"

矢部："你们到底杀了谁？"

第二个男人："你们没有看报纸吗？昨晚九点零七分，在札幌的北二十四条，一名叫岩田贡一的二十二岁汽车维修工死了。他就是我们的人质之一。是首相和政府的冥顽不灵害死了他！"

矢部："原来他是被你们杀害的！你们这群杀人犯！"

第二个男人："你这样说我们不太好吧？我们手上可是有一亿两千万名人质呢！我们可以在任意时间、任意地点杀害人质，想杀多少，我们说了算！"

矢部："我知道！你们到底想怎么样？"

第二个男人："如果你知道，就劝一劝首相，让他满足我们的要求！"

男人的声音很冷静，仿佛是在提出忠告。听得出来，他和先前那个男人一样信心十足。

矢部向渡边秘书官使了一个眼色，让他替自己接听电话，然后用另一部电话联系自己的部下。

"电话跟踪定位成功了吗？"他焦急地问道。

"我们还在寻找他的位置，现在还没有找到。嫌疑人应该是从东京以外的地方打来的。"

"他应该是从北海道打来的，地点应该是在札幌市内。你就按照这个方向去调查！"

矢部下达命令的时候，渡边秘书官和男人的通话还在继续。

秘书官："你们到底要怎样才能结束这种毫无意义的杀戮呢？"

第二个男人："这并非毫无意义。我们是迫不得已才杀害人质的。如果你们不希望人质被杀，那就接受我们的要求。绑架不都是这样的吗？"

秘书官："现在首相正在参加内阁会议，在我们把目前的情况汇报给他之前，请停止杀人吧！"

第二个男人："我来告诉你一个解决方法吧！如果首相和政府愿意满足我们的要求，那么就让首相在明天上午召开一个新闻发布会吧！"

秘书官："新闻发布会？"

第二个男人："让首相在发布会上这样说：明年政府会将全部防卫预算转到福利预算中，这是'蓝狮'的要求！"

秘书官："这怎么可能……"

第二个男人:"如果你们连这件事都做不到的话,那么就让首相明天召见商界的代表,让他们凑够五百亿日元。既然他们能在选举期间拿出三百亿日元,那么,为了日本国民的生命安全,交五百亿日元应该不成问题吧?还有,首相曾在就职演讲中说,要将日本建设成真正的文化国家。要建设真正的文化国家,首先应该珍惜国民的生命。现在正是实现他政治承诺的好机会。他可以在上午的新闻发布会上,谈谈生命的重要性。如果我们能在电视上见到这则新闻,我们就会知道,首相和现任政府同意了我们的要求。"

秘书官:"如果首相拒绝这么做呢?"

第二个男人:"那么,我们不得不继续杀害人质了。杀害一亿两千万人质中的一个。还有一点很重要,我要补充一下——居住在日本的外国人也将成为我们'蓝狮'的人质,下一个遇害者也许就是外国人。这样一来,这件事将会发展为国际问题,你们好好想想吧!"

秘书官:"喂,喂,你……"

4

那个男人在电话里说,居住在日本的外国人也将成为他们的人质,这让渡边秘书官大为震惊。

如果下一个受害者真的是外国要员,这件事就会像那个男人说的那样,成为国际问题。

渡边把其余的事交给警察,自己火速去向首相报告此事。

首相在官邸与来到日本的加拿大外交部部长进行了近两个小时的会谈,这使向来擅长打持久战的首相露出了倦意。

首相一边喝着来自他家乡 S 县的加入蜂蜜的营养剂,一边对渡边秘书官说:

"你不会又要给我带来让我心烦的消息吧?我今天已经很累了,重要的会谈刚刚结束。首相就是一个经常接见外国人的工作!"

"那起绑架案的嫌疑人又来电话了!"渡边秘书官战战兢兢地说道。

不出所料,首相露出不悦的表情。

"这些疯子的事都由你来处理吧!国家预算绝对不能动用,也不能让商界掏出五百亿日元给他们!那些商人也不会轻易掏钱!这笔钱也别让我自掏腰包!前天在内阁会议上,井原就因为这件事挖苦了我!"

首相轻轻地叹了口气。为了消除忧虑,他掏出烟。

渡边一边用打火机给他点烟,一边说:

"井原他们一直在等着您马失前蹄!"

首相痛苦地吐出一口烟:

"从政的人,个个都想当首相!"

"正因如此，他才会那样做！"

"就像我刚才说的，对方的要求我们绝对不能答应。只要我们有一点儿示弱，井原他们就会说我是一个没有信念的政客，是一个经不起威胁的首相，说我没有资格当首相！"

"我在电话里也是这样说的。嫌疑人说，如果我们不答应他们的要求，他们就会继续杀害人质！"

"抓住他们是警察的工作！警察那边是怎么处理的？"

"警察说目前还无法阻止他们。现在的问题是他们……"

"他们？嫌疑人不是一个人吗？"

"嗯，今天打来电话的男人的声音和之前的不一样，所以他们那个团伙的成员应该有两个以上。那个男人说，如果不满足他们的要求，他们就会继续杀害人质，而且现在的人质中还包含了待在日本的外国人！"

"你说什么？"

首相想起了刚刚离开的那位加拿大外交部部长的脸！那是一个很难对付且相当厉害的家伙。如果加拿大外交部部长被当成人质杀害了，事情会变成什么样呢？

其实，只需要让法务省刑事局局长辞职就能解决问题。

如今，日本模仿美国的特工机构，聚集了一群叫安全警察的特别警察。那些警察都身怀绝技，他们的柔道、剑道都在三段以上，能在二十秒以内连开五枪、击中二十五米远的直径十厘米的枪靶。

他们的任务就是保护以首相为主的日本政要以及访日的外国政要,这样应该就安全了吧!刚刚离开的加拿大外交部部长身边,就有安全警察跟随着。

　　但是……

　　首相皱起眉头。"蓝狮"组织的成员应该不会袭击在安全警察保护下的那帮外国政要吧?

　　"现在日本有多少外国人?"首相问渡边。

　　"包括没有取得日本国籍的常住人口在内,应该有一千多万人吧。东京国际机场每天都会有外国观光客落地。至于在演艺场所工作的外国艺人的数量,就很难说出准确的数字了。警方无法对这些人进行一对一的保护!"

　　"如果来日本旅游的外国人被杀害的话,日本就会被国际社会看成是一个危险的国家了!"首相叹了一口气。

　　昨天,首相在与美国大使会晤时,对方还称赞道:"东京这么大,却如此安全,这简直就是一个奇迹!"

　　"警方打算怎么处理这件事呢?"

　　"他们说会竭尽全力破案!"

　　"他们总是说竭尽全力,可嫌疑人已经打过五次电话了,他们的调查却一点儿进展也没有!"

　　"这种案件从未有过,警察也非常苦恼!"

　　"那就再催促他们一下吧!"

　　"外国人质的事怎么处理呢?"渡边问道。

首相额上的青筋跳起,他把抽了一半的雪茄按在烟灰缸里,瞪着秘书官说:

"如果对来日本旅游的外国人说:'现在的日本很危险,请你们回去吧!'岂不是让全世界看日本的笑话吗?告诉警方的负责人,尽快妥善地解决这件事!"

平时首相很少这样大吼大叫,渡边秘书官被他呵斥了一顿,狼狈地逃走了。

5

矢部回到新宿警署的特别搜查部后,便让待命的七名刑警中的两名立刻前往札幌。

"你们应该知道,这不是简单的调查!"矢部提醒那两名刑警。

"普通的杀人案主要是调查嫌疑人的杀人动机。要是能找到被害者的仇家或债主,那么案件就已经侦破了八成。但这次的案件与以往的案件不同,凶手并不是因为被害者是岩田贡一才射杀他的,而是因为他是人质之一。五个人并排走着,子弹命中谁都无所谓。按照'蓝狮'的理论,那五个人都是人质。因此,无论我们怎样排查被害者身边的人,也无法找到嫌疑人!"

"明白!"刑警都是办案经验丰富的老手,但他们还是表情严肃地回应了矢部,然后便动身前往东京国际机场。

在异乡人咖啡厅喝可乐和奶昔的两名年轻女顾客的身份,直到这天傍晚才终于查明。

八木良平说她们看起来像女大学生,但其实她们是在新宿的S公司工作的文员。有时候,普通人很难从外表区分白领、女大学生和家庭主妇。

这天虽然是星期日,但刑警们还是前往她们的住所进行了调查,但遗憾的是,他们的调查在那里遇到了瓶颈。

三月二十四日傍晚,她们光顾了经常去的异乡人咖啡厅,分别点了可乐和奶昔。她们刚到咖啡厅的时候,那张出事的八号桌是空着的。刑警认为她们没有撒谎。

警方关于公用电话亭的调查也碰了壁。

刑警们调查完那二十一个在下午两点打电话的男人,发现他们与本案没有任何关系。嫌疑人不是从东京都内的公用电话亭给首相官邸打去电话的。

矢部听完这些毫无成果的报告后,离开特别搜查部,前去拜访左文字。

他走进位于三十六层大厦的侦探事务所,发现左文字正在悠闲地打瞌睡。

"左文字先生,你可真是悠闲啊!"矢部挖苦道。

史子觉得过意不去,便说了声"对不起",然后给矢部倒了一杯咖啡。

左文字则揉着眼睛说：

"春眠不觉晓……"

"现在已经是晚上了，晚上九点了！"

"你今天怎么突然来我这里了？"左文字微微一笑，点上烟，看着矢部，"看你的样子，案件的侦破工作又陷入僵局了？"

"新的被害人出现了！"

"是札幌那个被枪杀的叫岩田贡一的汽车修理工吗？"

"你怎么知道？"

"我研究过今天早上的报纸。昨天全日本发生了五起杀人案，其他四起案子的嫌疑人很快就被警方逮捕了，而且他们都有合理的动机，唯独札幌杀人案的动机不明。而且从他们的射击方式来看，谁都可能中枪，所以我认为，如果他们又杀了人质，那么受害人就是这个汽车修理工！"

"今天下午两点，嫌疑人又打来电话了。打电话的是另一个男人。'蓝狮'这个组织真的有好几个人！"

矢部将一盒录音带和一个纸袋放在桌子上。

"这是记录了今天秘书官与嫌疑人对话的录音带，你过会儿可以听一下。纸袋里有二十万日元，一天一万日元，共十万日元，这是十天的费用。剩下的十万日元是调查经费，也是按一天一万日元计算的。如果你需要其他费用，也可以跟我说，我去申请。但是，请不要将我给你钱的事说出去。警察出钱雇佣私家侦探这件事要是传出去了，我会很麻烦的！"

"我明白。"左文字微微一笑。

"话说回来,你打算如何调查?"矢部喝了一口史子给他倒的咖啡,然后问左文字。

矢部没有往咖啡里加糖,这并不是因为矢部感到害怕,而是因为他最近养成了喝咖啡不加糖的习惯。

左文字依旧坐在摇椅上。

"没什么想法。"

"'没什么想法'是什么意思?"

"就是字面上的意思。我一直待在这里,除了吃饭等必须要做的事之外,什么都没有做。"

"你没有出去调查吗?"矢部大声质问道。

左文字耸耸肩:

"别生气嘛!"

"又有人质被杀害了,你却继续在这里坐着!你从什么时候开始变成尼禄·沃尔夫[1]了?"

"你说谁?"

"一个雷克斯·斯托特[2]笔下的侦探。一个不爱出门、每天都喝啤酒的'安乐椅侦探'。"

---

[1] 尼禄·沃尔夫(Nero Wolfe)是美国侦探小说家雷克斯·斯托特笔下的名侦探,是个不爱出门、醉心美食的安乐椅神探。
[2] 雷克斯·斯托特(Rex Stout,一八八六年至一九七五年),美国著名侦探小说家,最出名的作品是"尼禄·沃尔夫系列"小说。

"你知道的事不少嘛！"

"我也常看侦探小说！"

"我还真没看出来。不过,我和尼禄·沃尔夫可不一样,第一,我不会像他那样收取高额的调查费,我每天只收取一万日元的必要经费。第二,我不讨厌女人。第三……"

"知道了！"矢部苦笑道,"可是,我们是想让你协助我们破案才给你钱的,你要是忘了这一点,那就麻烦了！你该不会以为我们是给了你二十万日元封口费吧？"

"我明白。我也对这次的案子很感兴趣！可是,我跟警察一样到处跑又能怎么样呢？现在特别搜查部不是已经有四十七名刑警在东奔西走地调查这件事了吗？"

"是的,大家都在搜捕嫌疑人！"

"果然是这样！我混在里面,只会给大家添麻烦！"

"所以,你就躺在摇椅上,什么事都不做？"

"不,我在思考！"

"左文字先生,你在思考什么呢？"

"思考怎么破案。我拿到了报酬,会好好工作的。我也想见一见这个嫌疑人。我一定要找到他,然后和他聊聊！"

"请务必找到他！"矢部向史子道谢,起身走到门口,回头问左文字,"你的国籍是美国吗？"

"我已经拿到日本国籍了,现在我拥有双重国籍,怎么了？"

"你不要以为自己是美国人就不用担心被杀掉。嫌疑人在这盒录音带里说,在日本的外国人也一样是他们的人质!"

6

矢部丢下这句话后就离开了。

左文字笑着说:

"矢部先生好像很生气啊!"

"那是当然!"

清洗咖啡杯时,史子故意发出"哗啦哗啦"的声音。

"你生什么气?"

"我就是很生气!"

"好了,好了!"

"昨天和今天,你只做了一件事,就是把你高大的身躯放在摇椅上,眺望窗外。要不我去买一副双筒望远镜吧?"

"买双筒望远镜干什么?"

"你说不定会看到嫌疑人在路上走,他的胸前贴着一张纸,上面写着'我是凶手'!"

"这次的案子和一般的案子不一样!"

"这一点我也知道!"

"不,你不知道,矢部警部也不知道。他虽然嘴上说这是一起离奇的案子,但实际上还是用常规的方法进行调查,这样做肯定会碰壁的!"

"就算这样,你也不能一直悠闲地坐在摇椅上啊!"

"我一点儿也不悠闲,我在思考!"

"愚蠢的思考和休息别无二致!"

"别不耐烦,不管怎么说,我也是一家之主!"左文字笑着说道,"咱们先来听听矢部警部留下的录音带吧!"

史子拿来录音机,将录音带放进去,按下播放键。

左文字闭上眼睛,像睡着了一样听着录音。左文字是个除了必要的事情外,不会轻易行动的男人。从表面上看,他是个十足的美国人,有点儿大男子主义,史子经常因为受到他的欺瞒而生气。

录音播放完,史子关掉录音机。

"要不要再听一遍?"

"不用,足够了。"

左文字睁开眼睛,将烟放进嘴里。

"把火柴给我。"

"给你火柴!"史子说着把手边的火柴扔给他,"你要不要去札幌看看?"

"就算去了,也是白跑一趟。"

"那你打算继续在摇椅上打瞌睡吗?矢部警部知道你这个样子,一定会骂你的!"

"这次的案子,被害人与嫌疑人没有交集。嫌疑人声称杀害了人质,而被害的一方完全没有这种意识,所以二者没有任何直接关系。用以往的调查方法调查此案,很快就会陷入僵局,就算我去了札幌,也毫无意义。"

"那现在该怎么办?"

"思考。"

"思考什么?"

"思考自称'蓝狮'的那帮家伙到底是怎样一群人。"

"警方的技术人员不是已经分析过第一个男人的声音了吗?等一下!"

史子拿出常用的笔记本。

"我是这样记录的。通过对这个男人的声音和说话方式的分析,他是这样一个男人:他的年龄大概在二十岁到四十岁之间。因为他没有口音,所以他应该是土生土长的东京人。他性格刚毅,有极强的表现欲,应该接受过较好的教育。"

"这些信息没有意义啊!"

"你说什么?"

"这些分析是那些技术专家做出来的,应该不会有错,但是对破案也起不到丝毫作用。年龄在二十岁到四十岁之间,在东京出生,有极强的表现欲,受过高等教育……像这样的人,应该有几万、几十万吧,这些内容不就是在说,这个家伙其实就是一个普通男人吗?"

"你就算冲我发脾气也没用!"史子鼓起两腮。

"我没有冲你发脾气！搞技术分析的那些所谓的专家太迂腐，无法发挥想象力去思考，只能提供显而易见的信息。要想找到隐藏身份的嫌疑人，只靠这些信息，可谓难如登天。另辟蹊径地去调查，虽然可能会犯错，却是很必要的。我认为，按部就班地调查，是侦破不了这次的案子的！"

"那你打算怎么做？对'蓝狮'组织的成员的情况——名字、住址、有无前科，咱们不是一无所知吗？"

"也不是一无所知，那两个嫌疑人不是打过电话嘛！"

"但他们并没有说过自己的名字和住址啊！"

"我知道。但是，人在喋喋不休的时候，会无意识地说出自己的事，特别是那种有极强表达欲的人。"

"嫌疑人在录音带里留下了什么线索吗？"史子向来以自己超强的记忆力为傲。电影看过一遍，她就能唱出里面的主题曲。

因此，在这五次电话中，嫌疑人与秘书官及首相的对话，她全都记得，但是录音里的哪些话暴露了嫌疑人的信息呢？她绞尽脑汁也想不出来。

"我坐在这张摇椅上，一边摇晃，一边思考这件事。"

"你想到什么了吗？"

"要是我想到了什么的话，我现在就不会像这样悠闲地躺在这里了。我想在这里跟你讨论一下，你把笔记本拿过来吧。"

"遵命，所长先生！"史子调侃地说道。

左文字从椅子上坐起来，慢慢地在房间里走来走去。

"第一,"他边走边对史子说道,"他们将他们的组织称为'蓝狮'……你先把这一点写下来。"

"所长先生,我觉得这不过是一个代号,不是揭开他们身份的关键。"

"不……"

左文字背对着窗户,停下脚步,用力地摇了摇头。

"人给自己取绰号,都是有着某种含义的。绰号与人乍一看毫无关系,其实绰号是以幼儿体验为核心,是弗洛伊德式的内心渴望的流露。特别是像这次案件中这样的团体,他们的绰号一定是有某种意义的。"

"'蓝狮'这个绰号确实有些奇怪。通常情况下,类似的组织都会取'勇敢之狮''国王之狮'之类的绰号,或者就是强调青春感的'青年雄狮'吧?再就是起名者会在绰号中加上出生地的那种'东京之狮'。而他们用的却是'蓝',这到底是怎么一回事呢?"

"这就是有趣的地方。两个嫌疑人在提到这个称呼的时候,还特意用英语说 Blue lions(蓝狮)……"

"这到底是为什么呢?"

"日语中的'蓝',通常表示蓝色,也含有朝气蓬勃的意思,给人一种既年轻又稚嫩的感觉。在日语语境下,'蓝狮'听上去要更气宇轩昂一些。在这种情况下,他们特意使用了英语。英语中的'Blue',除了'蓝色'这个意思外,还有'忧郁'的意思。"

"没错,女孩子喜欢用'青空'这个词——Blue Day。"

"Blue Day 也有事物不尽如人意的意思。Blue Monday 在美国是忧郁的星期一的意思。"

"他们是不是也是因为这个原因,将他们的组织取名为'蓝狮'的呢?不过,从他们在电话里说话的语气来看,他们还挺有自信的。"

"这种自信的背后应该隐藏着某种黑暗的东西吧。他们为了夸耀自己的强势,将自己的组织取名为'狮'。狮子是百兽之王,在'狮'前面加上'蓝'这样的形容词,可以认为在自信的背后藏着某种阴暗的东西,而且,他们在刻意地夸耀自己的强大。只要了解他们的心理,我们就能知道他们是什么样的人了。这是一个很重要的问题,我们按照这个思路继续分析。"

史子将笔记本放在膝盖上面,看着在屋里来回走动的丈夫。她很喜欢左文字思考问题时忧郁的表情。

左文字的五官过于精致,在没有表情的时候会显得很呆板,史子喜欢左文字思考时的面容。

"我最感兴趣的是,第一个嫌疑人在谈话时脱口而出的一段话。"

"哪一段话?"

"就是第二天电话里的一段话。"

秘书官:"你是不是疯了?"

男人:"不,我的智商有一百五……"

"就是这段话。一般来说,当某个人被别人说'你是不是疯了'的时候,应该会很自然地回答'不,我很正常'或者'你在胡说些什么'之类的话。但是这个嫌疑人回答的却是'不,我的智商有一百五'。乍一看,这也许没有什么可奇怪的,嫌疑人在强调自己智商很高,所以不会发疯。这在逻辑上很奇怪。大部分的人,无论智商高低,都不会承认自己是疯子。但是为什么嫌疑人会说出这种逻辑不通的话来呢?你对这件事怎么看?"

"这个嘛……会不会是因为嫌疑人一直以自己有一百五的智商为傲,所以才会将这些话脱口而出?"

"你也可以当私家侦探了!"左文字高兴地说道,"我认为这个嫌疑人有些怀才不遇。他拥有天才的大脑,如果这个年轻人能够得到学术界权威人士认可的话,他一定不会参与这种绑架案,即使别人说他'你是不是疯了',他也会一笑而过。人一旦拥有绝对的自信,就会变得冷静且宽容。他拥有天才的大脑,却无法融入这个社会之中,所以当别人对他说'你是不是疯了'的时候,他会很自然地说'我的智商有一百五'。这其实就是在说:我不是疯子,我是天才!"

"我也赞同这一点。话说回来,智商一百五是不是相当厉害?"

左文字从书架上抽出一本书说:

"智商即智力商数,是法国心理学家阿尔弗雷德·比奈[①]创立的衡量个人智力高低的标准。正常人的智商是九十到一百零九,人数约占总人口的百分之四十七;比较优秀者的智商是一百一到一百一十九,人数约占总人口的百分之十六;优秀者的智商是一百二到一百三十九,人数约占总人口的百分之九点六。智商是一百四以上的人被称为天才,人数约占总人口的百分之零点六。"

"你的智商是多少?"史子问道。

左文字摸着鼻子说:

"这个嘛,有多少呢?反正不是天才。"

"那么,智商一百五岂不是相当聪明了?"

"是的,我曾跟矢部警部说过这件事,在美国,许多智商一百四十五以上的人聚集在一起,组建了智商协会。这是一个只有天才级别的人才能参加的组织。这个组织总让人觉得有些不舒服。"

"'蓝狮'组织的成员会不会也都是些智商在一百四十五以上的人呢?"

"我觉得有这种可能,而且这个组织的成员大概是一些不走运的天才。"

[①] 阿尔弗雷德·比奈(Alfred Binet,一八五七年至一九一一年),法国著名心理学家,智力测验的主要创始人。

"所以他们才把这个组织命名为'蓝狮'?"

"有可能。他们觉得自己是优秀的狮子,只是不太走运。他们想用'蓝狮'这个名字来表现自己的境遇,肯定是这样的!'蓝狮'这个名字很适合不走运的天才们!"

"如果是这样的话,那么我们真是遇到了可怕的对手!"史子脸色苍白。

左文字欣赏着窗外美丽的夜景。汽车尾灯星星点点,如红宝石般连在一起,泛着青光的白色街灯组成长长的带子。难道那些嫌疑人就隐藏在这美丽的夜色下吗?

"他们的确是可怕的对手!绑架一亿两千万人这种事,恐怕只有天才和疯子才能想到。一般人即使想到了,也不会去做,他们却这样做了!"

"而且还索要根本不可能得到的五千亿日元,这太不符合常理了!"

"是啊!不过,他们是一群天才,没有十足把握的话,他们应该不会给首相官邸打电话的。第二个男人的言语间也充满自信。他们究竟在想什么呢?"

左文字的表情变得严肃起来。他在美国侦探事务所工作时,也遇到过各种各样的案子,其中也包括一些绑架案。

但是,在绝大多数案件中,嫌疑人接下来的行动,他都能预测到,这是因为嫌疑人是为了一个明确的目标而行动的。绑匪的目的是得到赎金,杀人犯的目的是逃亡。

但是，这次他却预测不到嫌疑人接下来的行动。

"蓝狮"组织的成员号称绑架了一亿两千万人，并要求政府交五千亿日元或者一次性交五百亿日元作为赎金。从表面上来看，这也是绑架的一种方式。但是，他们不可能得到这笔赎金，他们应该也知道这一点。尽管如此，他们还是固执地提出这种要求，他们真正的目的到底是什么呢？左文字实在想不出答案。

"接下来怎么办呢？"史子问道。

"你去调查一下，日本哪个教育机构最热衷精英教育，明天我们就去那里看看！"

第四章　福冈机场

1

渡边秘书官彻夜未眠,天一亮,他就把矢部警部叫到首相官邸。一见到矢部,他便询问案件调查的进展情况。

"说实话,调查的进展情况不太理想。"矢部只好实话实说。

窗外的天空阴沉沉的,好像马上就要下雨了,这让矢部的心情更加沉重。

"札幌那边也没有线索吗?"

渡边大口吸着烟,他想尽快解决这起麻烦的案子。

"我们已经派了两名刑警去札幌,让他们和当地的警察一起调查,但是因为被害者和嫌疑人之间没有任何关系,所以一时很难找出嫌疑人。"

"连目击者都没找到吗?"

"嗯,如果嫌疑人要射杀的是汽车修理工岩田贡一,就会仔细地瞄准,这样做可能会被路过的人看到,但是对嫌疑人来说,谁死都无所谓,我想嫌疑人是在五个并排走的人的背后,用消声手枪胡乱射击的。他没有瞄准的必要,只要注意不让周围的人注意到他就行了。嫌疑人开车经过,突然掏出手枪射中一个人,然后逃跑。我想嫌疑人就是这么做的。"

"从手枪的线索里也没有发现什么吗?我记得射中被害人的是一枚三十二毫米口径手枪的子弹。"渡边看着矢部,毫不掩饰心中的焦急。

现任首相的地位并不稳固,任何小问题都会使其动摇。这次的事件会不会威胁到首相的地位,现在还不清楚,一旦首相的地位受到影响,不说在野党,党内就会先出现问题,所以他们想尽快解决此案。

"他们使用的手枪很有可能是美国生产的 M1895 手枪,不过这一点现在还没有确定。"

"这种枪很容易弄到手吗?"

"这种手枪是美国民众防身用的枪,价格便宜,外行人也能轻松使用,在美国很容易买到。嫌疑人使用的手枪,可能是美国人带到日本来又卖给嫌疑人的。不过,武器来源这条线索并不容易调查。"

"矢部警部,如果今天再不解决此事,他们就会杀害新的人质。他们还叫嚣说,是首相与政府的顽固导致他们杀害人质的!"

"首相现在怎么样了?"

"他去箱根的别墅静养了。"

"那里不是还在下雪吗?"

"也许吧,不过他说去箱根总比待在东京被离奇的案件困扰好。另外,他希望警察能再努力一些!"

"好的,对不起!"矢部挠挠头。最为此案烦恼的人应该是矢部吧。虽然他的麾下有四十七名优秀的刑警,但是直到现在,他连嫌疑人的名字都不知道。

"能不能请首相跟我们演一出戏?"矢部将心中所想说了出来。

渡边秘书官瞪大了眼睛:

"让首相演戏?"

"是的。在绑架案中,最容易逮捕嫌疑人的时候,就是交付赎金的时候。如果首相能配合我们演戏,假意答应他们的要求的话,我想我们可以在那个时候逮捕他们!"

"矢部先生,嫌疑人的要求可是将五千亿日元的防卫预算转作福利预算啊!就算首相能配合你演戏,但也绝对不能将这种事当着记者们的面说出来。而且,交付赎金只对嫌疑人有利,对逮捕应该不起作用吧?"

"我说的是满足嫌疑人提出的第二个要求。首相假装答应嫌疑人,他会从商界那里筹钱。这样一来,我们就有逮捕嫌疑人的机会!"

"矢部先生,这样做能行吗?"渡边大声说道,"首相非常后悔接了嫌疑人的电话,他说自己今后绝对不会再跟嫌疑人说

93

话了！"

"那么，你来演戏好吗？你告诉嫌疑人：'为了保护一亿两千万人的生命，首相已经从商界筹集到了捐款！'"

"矢部先生，你忘了嫌疑人昨天说过的话了吗？他要我们召开新闻发布会，宣布我们接受'蓝狮'的要求。即使是演戏，我们也绝对不能在公众面前屈服于嫌疑人，绝对不能！"

"这样啊……"

矢部对渡边的这种反应早有预料，所以他并没有感到失望。但是他也清楚，一条解决问题的通道被堵住了。

"蓝狮"组织的成员要求他们今天上午给出答复。如果他们做不到，"蓝狮"组织会采取怎样的行动呢？他们会在什么地方杀害什么人呢？

2

这天下午，福冈机场乌云密布。

没有风，春天的阳光不时从云缝间射出来，这对飞机的飞行毫无影响。

全日空航空公司飞往东京的四一七航班预定在下午两点四十五分准时起飞。

机身胖墩墩的洛克希德三星客机最多能容纳三百二十名乘

客。此刻,它正停在跑道上,加油车离开后它便能起飞。

这架飞机今天有一百八十五名乘客,其中就有曾经的美女演员、如今的当红歌手、超人气明星石崎由纪子。她结束了为期一周的九州巡回演唱会,正准备回东京。她戴着太阳镜,穿着酒红色的圣罗兰礼服,怎么看也不像已经五十九岁的人。

她的皮肤很白,身材高挑儿,拥有许多日本人所不具备的深邃五官,总是给人一种高冷的感觉。虽然石崎由纪子写过一本叫《与大众同行的四十年》的自传,但是她打心眼儿里瞧不起大众。

有十五六个狂热粉丝在机场为她送行,这些人大都是中年妇女。在这群人中,有一个身材娇小、相貌平平、戴着白色口罩的女人,她小心翼翼地走到由纪子面前。

"我记得今天是您的生日!"

"没错。不过到了这个年纪,我不太喜欢过生日了!"由纪子和旁边的女人相视而笑。

"我为您精心制作了一块生日蛋糕,您能收下吗?"

女人拿出一个用紫色包袱包着的盒子。

"多谢,那我就不客气了!"

石崎由纪子例行公事地收下这份礼物,将其交给身边的工作人员。她经常从粉丝那里收到各种各样的礼物。她不喜欢吃蛋糕之类的甜食。为了保持良好的身体状态,她从两年前就开始练习瑜伽,并且控制糖分的摄入。这件事,她对娱乐记者说过好几次，杂志也报道过。由纪子有些生气，这个女人作为自己的粉丝，竟然连这件事都不知道！可这毕竟是她的铁杆粉丝，她不能拒绝其好意。

由纪子准备登机了，前来送机的粉丝们纷纷上前与由纪子握手，而那个送蛋糕的粉丝却不知去向了。

载着包含由纪子在内一百八十五名乘客的洛克希德三星飞机——全日空四一七航班，在引擎的轰鸣声中，向乌云密布的空中飞去。

一个小时后，全日空四一七航班跟关西国际机场控制塔取得了联系。

"这里是全日空四一七航班，现在的高度是六千四百米，航班正在飞往东京国际机场，现在的位置是潮岬三十公里。"

"全日空四一七航班，我这里已收到信息。"

"气流不太稳定，不过一切顺利，没有异常。"

"了解。"

但是，在那之后，全日空四一七航班不知道发生了什么事，关西国际机场的管制官接到了紧急呼救的信号"Mayday[①]！Mayday！"

那是近乎绝望的叫声。

[①] 船舶或飞机所发出的国际无线电求救信号，相当于无线电报中的SOS（国际摩尔斯电码救难信号）。

管制官拼命呼叫四一七航班,但是无人应答。接着,四一七航班的影像从雷达上消失了。

3

航空自卫队滨松基地的管制官也听到了四一七航班发出的那句"Mayday",于是,两架巡逻机迅速飞往出事地点潮岬。海上保安厅的巡逻艇在收到请求后,也火速赶往出事海域。海面风平浪静。

率先抵达的两架巡逻机在反复搜寻的过程中,发现海面上漂浮着薄薄的油膜和几块疑似飞机残骸的碎片。

一个小时后,抵达同一海域的巡逻艇又发现了大量的机油和木片。这些木片很明显是飞机座椅的残骸。接着,救援人员又找到了印有全日空航空标志的救生衣。

至此,救援人员确认四一七航班遭遇了空难。

当时有几艘渔船在该海域捕鱼。据渔民们说,他们的头顶上曾有过"轰"的爆炸声。

渔民们提到的时间,与大阪航空管制官听到四一七航班发出"Mayday"呼叫声的时间几乎一致。渔民们的证词相当重要。

四一七航班很有可能因为某种原因在空中爆炸,然后坠入海中。

有一名渔民说，他们看到一架飞机冒着白烟坠入大海。

电视台与电台都报道了这条突发新闻，收到信息的乘客家属陆续赶到东京国际机场的办公室。

又有一艘巡逻艇抵达现场。事故现场的海水深约九十米，救援人员无法使用普通的气瓶潜水。

巡逻舰上有水下电视，可以潜到九十米深的海底，搜查坠落的机体。搜查一个小时后，船上监视器上模糊地出现了飞机残骸样的东西。接着，清晰的机尾画面也出现了，上面有全日空航空的标志。

飞机一侧的主翼断了，机身上出现了一个大洞，由此可以推测，飞机内曾发生过爆炸。

机体的打捞工作要等打捞船抵达现场后才能进行。

晚上六点三十分，全日空的负责人发表了公告：

"本公司的四一七航班，已被确认坠落于潮岬南方约三十公里的海域。乘客和机组人员共计一百九十六人全部遇难，事故原因正在调查中。"

4

此时，左文字和史子来到了东京文京区的日本英才教育中心，见到了理事柳沼博士。

柳沼博士是一位六十七八岁、体形瘦削、满头白发的老人，他一走进接待室就说：

"听说有一架客机坠毁了……你们来此有何贵干？"

虽然左文字对客机坠毁事故的话题很感兴趣，但他还是说：

"我对天才儿童的教育培养很感兴趣！"

"你在美国从事这方面的研究吗？"

柳沼端详了一下左文字，似乎认为他是一个日语很好的美国人。

"嗯。"左文字觉得否定他的问题会很麻烦，便点了点头，"我听说这里有日本全国天才儿童的资料。"

"是的，这里确实有这些资料，全都是智商在一百四十以上的儿童的资料。但他们并不在这里接受教育，他们在国立的U大学学习，不过他们的教学过程及成果，都会报告给本中心。"

"不论日本什么地方的儿童，只要智商一百四十以上，都会被送到U大学进行教育，是吗？"

"基本上是这样。因为政府提倡教育自由，所以如果有的孩子家长想把孩子送到其他地方念书的话，我们就不能强迫其进入U大学。即使如此，我们依旧会对其进行跟踪调查。"

"这些天才在大学毕业、步入社会后，必定能在各行各业崭露头角吧？"

"没错。不过这些天才，不论男女，大多数都留在大学的研究所里。一个人智商的高低与其管理能力没有太大的关系，所以其即使进了公司,基本上也会进入研究部门。"

"这些天才里有没有那种人生的失败者?天才失败的原因……真是难以想象!"

"当然有啊!"柳沼理事笑着说道,"智商在一百四十以上的天才也是人啊!他们也有人性的弱点。因此,在这些人之中,有的人在情感关系上失败,有的人在事业上失败,和普通人一样。"

"可是,正因为聪明,他们遇到失败时的挫折感也比普通人强烈吧?"

"这倒也有可能!有个智商一百六的人,从U大毕业后当上了教授,可由于对现代社会感到绝望,因此自杀了!"

"在这些人中,有没有因受挫而走上犯罪道路的人?"

经左文字这么一问,柳沼的脸上顿时露出困惑的神情,但很快他又露出了笑容。

"我说过,他们和普通人一样!"

"也是。除了U大学以外,还有没有其他专门培养天才儿童的地方呢?"

"没有,只有U大开设了特别班。"

"那么其附属小学、初中、高中、大学都要为他们开设特别的课程,对吧?"

"没错。"

"这里有毕业生的名册吗?"

"这里和U大都有。"

"能让我看看吗?"

"你没有正当理由的话,我是不能给你看的!"

态度温和的柳沼理事断然拒绝了左文字的要求。

左文字有些进退两难。他不能跟柳沼说调查案件的事,因为矢部禁止左文字对外透露这起案件。

"我能借用一下您的电话吗?"左文字说道。他拨打了从矢部那里听来的首相官邸的电话,然后叫来了渡边秘书官。

"案子还没有头绪吗?"电话那头传来渡边疲倦的声音。

"我现在在日本英才教育中心。"

"你在那里做什么?"

"我记得首相是这里的名誉会长,对吧?"

"是的,你要做什么?"

"我想请你帮我说句话。现在,理事柳沼先生在这里,我想请他行个方便!"

"为什么?"

"我不能说理由。我想请你帮个忙!"

左文字对他百般请求,然后将电话听筒递给了柳沼。

这个办法非常奏效,柳沼理事挂断电话后说:

"你拿去看吧!"

U大学的特别班每年有三十名到五十名毕业生,人数说多不多,说少不少。

毕业生的名册是卡片式的,据柳沼理事说,每当这些人的住址和工作发生变化时，都有工作人员对卡片上的内容进行修正，但是他们不能保证这些信息的完整性。

左文字查看这些卡片时，写有"住址不详"字样的卡片不时映入他的眼帘。

史子看着塞满柜子的大量卡片，问左文字：

"你觉得这里面会有这起案子的嫌疑人的信息吗？"

"咱们就当作有，调查一下吧。如果没有的话，我们再从其他方面调查。"

"不过，柳沼理事也说过，智商在一百四以上的天才儿童也不一定都在U大学里接受过特别教育。如果嫌疑人毕业于U大学以外的学校，那么他们的名字就不会在这里面了！"

"不，我觉得他们应该在这里面！"

"你为什么这么有把握？"

"我在哥伦比亚大学读书的时候，班里有个天才，我仔细观察过他，周围的人认为他是傻瓜，对他敬而远之。他很孤独，也很清高，很难和周围的人产生友谊。天才大都如此。然而，'蓝狮'却组成了一个团体。从他们制造这起案件又不露出尾巴这一点来看，他们是相当团结的。如果他们是成年后才结识的，这些天才肯定会相互排斥，因此，我估计他们曾长期在一起生活，也就是说，他们应该是孩提时代就认识，一起在U大学接受教育，并且成了朋友。"

"而且，他们毕业之后全都受到了挫败？"

"没错。"

"他们毕业后又组建了团队?"

左文字问柳沼理事:

"这些人中,有没有人从U大学毕业后组建过某种团体,然后一起做过什么事?"

"你是指什么?"

"我是指他们有没有以团体的形式投身某种事业,或者参加过某种社会活动。"

"这么说来,确实有两个这样的组织。"

"你能谈谈这两个组织吗?"

"可以。一个叫'日本再生研究会',是由昭和二十五年(一九五〇年)毕业的七名毕业生组建的。"

"昭和二十五年毕业……那么他们现在都是年近半百的人了吧?"

"大概有四十七八岁吧。"

"这个组织具体是做什么的?"

"当年,他们是学习经济或法律的学生。昭和二十五年,日本经济刚开始复苏。这是一个为将来日本的发展,向历届首相提出建议的团体。"

"那么,他们都是些成功人士了?"

"没错。现在,他们在赤坂某座大楼的最顶层开公司,职员有五六十人。"

103

"不是这个组织！"左文字默想道。

在咖啡厅的糖罐里放入氰化钾，进行无差别杀人的嫌疑人，不可能是这些依靠体制谋生的成功人士。

"你能不能说一下另一个组织的情况？"

"那个组织是由昭和四十五年（一九七〇年）毕业的五名毕业生组建的。"

"这么说来，他们的年龄在二十七岁到二十八岁之间了？"

"是的。"

"这个组织叫什么名字？"

"应该是'社会结构研究会'。"

"这是一个左翼团体吗？"

"起初我也是这样认为的。后来，我看过他们的宣言后，发现他们瞧不上日本现在的左翼运动。他们既反对现在的社会架构，也反对现行政治体制。"

"那份宣言现在还在吗？"

"没有了，被工作人员弄丢了。我只记得，由于这帮人都很年轻，所以宣言的内容有些偏激。"

"他们现在还活跃吗？"

"不活跃，这帮人如今正在为缺乏资金而发愁。那种反体制的研究组织，是不会得到商界资助的，他们又强烈谴责现在的左翼团体，因此他们也得不到左翼人士的资助。"

"你知道加入这个组织的五个人的名字吗？"

"卡片上应该有记录。"柳沼理事说道。

左文字和史子一张张地查阅起昭和四十五年毕业生的卡片。正如柳沼理事所说,有五张卡片的一角写着"社会结构研究会"。

左文字和史子将这五个人的姓名记在笔记本上。

佐藤弘

菅原明平

高桥英夫

森誓子

村山朋子

这五个人现在二十七八岁,他们的专业不同,有学英国文学的,也有学法律的。

"你觉得这五个人就是'蓝狮'组织的成员吗?"史子一边看着自己记下来的名字,一边问左文字。

"不知道,但是我觉得这些人有调查的价值!"

左文字借来电话簿,在上面找到了"社会结构研究会"。这个组织登记的地址是东京中野区青叶公寓三〇五号。

"我们去看看吧。"左文字对史子说道。

5

　　望着这座五层楼高的老旧建筑,左文字不禁感慨:日本的公寓真是充满故事啊!

　　这座公寓的墙壁有明显的裂痕,玄关处的塑料招牌也掉了三分之一。有人说过,日本的公寓是现代大杂院。把这里的公寓比作现代大杂院倒也挺贴切。

　　这种房子肯定没有电梯,左文字和史子顺着昏暗的水泥楼梯来到三楼。

　　三楼的正中央有条走廊,在走廊两侧有六个房间。这里照不进阳光,尽管现在是白天,走廊里却只有荧光灯照射出的苍白灯光。

　　三〇五号的房门上挂有一块"社会结构研究会"的大招牌。

　　史子脸色苍白,或许那些无差别杀人的嫌疑人就在这里。

　　左文字拿出一支烟,点燃之后,站在门边按响门铃。

　　门开了,一个穿着牛仔裤和毛衣的男青年探出头来。青年撩起长发,用坚定的眼神看着左文字和史子。

　　"你们来这里干什么?"

　　"你知道 TK 出版公司吗?"

　　左文字面带微笑,一边和男青年说话,一边越过他的肩膀,飞快地向屋里瞥了一眼。

　　厨房的对面是一间面积不算太大的日式房间,这好像是个一室一厅的公寓。房间的拉门被拉开了一条小缝,可以看到八叠①大的房间里杂乱地堆着书籍,还有一个年轻女人的背影。

"我没听说过那家出版公司!"青年斩钉截铁地说道。

左文字依旧面带微笑地说:

"我们社长炒股票赚了钱,现在准备涉足出版行业,想出版一本面向青年的杂志,工作人员的招聘已经结束。杂志的名字叫《明日》,意思是明天充满希望。我们准备下个月二十号创刊,想给读者介绍那些肩负日本明天重担的个人和团体,你们的社会结构研究会就包含在其中。我很想听听你的意见!"

左文字将一张没有写头衔的名片递给对方。

"我是总编辑,这位是记者藤原!"左文字说出史子的旧姓。

史子配合他说道:

"我是藤原,请多关照!"

青年用戒备的眼神看着他们。

"你们是从什么地方知道我们这个团体的?"

"日本英才教育中心,我们是从那里了解到你们的。"

"但是,我们很忙!"

"二三十分钟就可以!不知你能否为我们抽出一点儿时间?贵研究会不会在进行不能公开的危险工作吧?"左文字故意话里带刺地问他。

---

① 日本房间的计量单位,一叠等于一点六二平方米。

107

不出左文字所料，男人顿时目露凶光。他沉默片刻后说：

"那就二三十分钟吧！"说罢，他便将二人让进房间。

待在八叠大的房间里的女人，透过自己的眼镜片看着左文字和史子。她没有化妆，看起来像个男人。

桌子上杂乱地堆放着杂志和小册子之类的东西，桌子的一端还摆放着一台七英寸的黑白电视机，电视机里正在播放打捞坠落大海的全日空客机的新闻。

"他们自称是出版社的人！"

男人向女人介绍起左文字和史子。听他的口气，他似乎并不相信左文字说的话。

左文字和史子在满是书籍的房间里坐下。

女人只是轻轻地点了点头，并没有给他们泡茶，接着又转头看电视。

左文字缓缓地掏出了笔记本。

"请告诉我你们的名字！"

"我是菅原明平，她是森誓子。不过，我们这个组织真的对你们有用吗？"菅原明平盘问道。

左文字冷静地说：

"当然，我们既对社会结构研究会感兴趣，也对研究会的每位成员感兴趣！你们一共有五个人，对吗？另外三个人去哪里了呢？"

"他们去旅行了。"

"是去北海道了,还是去九州了?"

"你为什么这么问?"

"不,我只是随便问问他们是去了北方还是南方。对了,贵组织的宗旨是什么?"

"我们组织的宗旨和它的名字一样,是研究现代日本的社会结构。"

"你们这么年轻,只做研究恐怕受不了吧?"

"你到底想说什么?"

菅原拿起放在桌子上的烟盒,发现里面没有烟后,生气地将其揉成一团,扔进房间角落里的废纸篓中。

左文字给菅原递了一支自己带来的烟,菅原却摇了摇头。

"有目标就付诸行动,果然是年轻人的特点!"

听到左文字这么说,菅原的眼中闪过一道光。

"我们已经不年轻了!"

"不,你们还很年轻。在已经三十多岁的我看来,你们年轻得让人羡慕啊!你们不仅年轻,还拥有天才的大脑,你们对日本的现状一定有许多不满吧?"

"没错,是有不满!"

菅原站起来,从书架的角落里找出装有五六支烟的烟盒,然后点燃一支烟。

森誓子也伸手取出一支烟,点燃并吸了起来。看到二人若无其事的样子后,左文字觉得他们应该是同居关系。

"你对现状有哪些不满呢？可以跟我们说一说吗？"

"与其说是不满，不如说是绝望！"菅原恶狠狠地说道。

"这样啊……"

"我们刚开始在对日本现代社会进行研究的时候，是充满希望的。那时我们认为，通过革命来实现社会理想的可能性并不为零。当然，我们所指的'革命'，不是现在日本左翼人士通过选举而达到目的的那种革命。现代日本的所谓左翼革命，并不是真正的左翼革命，它仅仅是把被资本和官僚机构统治的社会，转变为权力和官僚机构统治的社会，这反而会增强官僚机构的统治！"

菅原突然高谈阔论起来。

他的理论既不新鲜也没有趣，但是左文字却钦佩地说：

"很有意思的观点！"

"如果说当代社会是金钱和官僚机构统治的世界的话，那么谁掌握了大笔金钱，谁不就掌握了权力吗？"

"也许吧……如果有五千亿日元的话，是不是就能到达权利的巅峰了？那样的话，是不是就能按照自己喜欢的方式改变现代社会了？"左文字说出五千亿日元后，仔细观察菅原和森誓子的反应。

菅原一言不发地吐着烟。森誓子那藏在眼镜片后面的眼睛闪闪发亮：

"五千亿日元？这么多钱该如何弄到手呢？"

"你们这样的天才聚集在一起,难道没有想出赚钱的好办法来吗?"史子对誓子反问道。

誓子笑了起来:

"很遗憾,我们完全想不出来!"

"那你呢?"左文字望着菅原说道。

他一脸不悦地说:

"我也没有考虑过!"

"也就是说,你们不想要钱,是吗?"

"我可没这样说过,正因如此,我才对现在的日本社会感到绝望!现在的一切都糟透了!"

"那你们是不是想回归原始社会?"

"时间到了,你们已经问了二十五分钟了!"

"我还有很多事想问你。我们想在杂志上刊登你们每个人的简介。先从你开始吧!"

"给他们泡点儿茶吧!"菅原对誓子说道。

誓子站起来,向厨房走去。

菅原从嘴中吐出烟。

"你们想问些什么?"

"我们想知道你们和另外三个人的情况,佐藤弘、商桥英夫、村山朋子这三个人什么时候能联系上?"

"他们都是研究会的成员。"

"这个研究会的资金来源是哪里?虽然这个问题有些失礼,

不过研究会的状况看起来似乎不太好。"

"大家都在进行着各自的工作。"

"你呢？"

"我和她从事翻译工作。"

"你们都是智商在一百四以上的天才，却屈身在这个研究会里，在无聊的打工中度日。面对这个愚蠢的无法接受你们的社会，你们不会感到愤怒吗？"

"你像是在对我进行诱导审讯！"菅原小声笑道。

左文字毫不在意地说：

"难道你们就没有想过用天才的方法改变社会吗？"

"我们可没有你说得那么聪明！"

就在菅原小声嘀咕的时候，森誓子端来了茶。

左文字一边喝茶一边说：

"其他三个人现在从事什么工作呢？"

"他们做什么的都有。有的和我一样从事翻译工作，有的则从事体力劳动。相同的是，我们都对现在的日本感到绝望！"

"其他三个人中有没有在医院或是电镀厂工作的？"

"你为什么这么问？"

"因为……"

左文字突然觉得头脑迟钝，天旋地转。紧接着，他坠入黑暗之中。

"中招了！"

左文字这样想着,不由自主地睡了过去。

6

左文字做了个梦。他梦见自己在洛杉矶的家,年幼的自己正在花园里玩耍。

从梦中醒来时,他已经忘记了那个梦,只觉得自己的头隐隐作痛。

他看了一眼手表,此时已是下午五点。

在他的旁边,失去意识的史子躺在地板上。

左文字摇摇晃晃地站起来,走到厨房,用冰冷的自来水洗了好几次脸,这才稍微清醒一些。他用水浸湿手帕,回到史子身旁,把湿手帕贴在她的额头上。

不一会儿,史子睁开了眼睛。她一边用手摸着头,一边问:

"我们这是怎么了?"

"药……我们被人下了强效安眠药。你没事吧?"

"没事,头有点儿疼……"史子慢慢坐起来。

"那两个人呢?"

"他们不见了,应该不会再回来了。他们可能跟其他三个人一起躲到什么地方去了吧。"

"他们是这起案件的嫌疑人吗?"

"我想,他们十有八九就是。如果不是,他们没有必要迷晕我们之后逃跑!"

"也是,但是他们为什么不杀掉咱们呢?"

"因为他们是天才。"

"这话是什么意思?"

"他们是按照计划行动的,而且对自己的计划很有信心,因此,若非必要,不会杀人。我觉得这既是他们的自负,也是他们的自信。"

"咱们要不要把这件事告诉矢部警部?"

"不,最好先不要声张。我想社会结构研究会的那五个人应该就是'蓝狮'组织的成员,但是目前我们还没有证据。就算我们把这件事告诉警方,警方也不能仅凭我的推测就采取行动!"

第五章　塑性炸药

1

第二天,也就是三月二十九日,潮岬附近天朗气清,大海也风平浪静。

上午十点左右,由大阪港驶来的大型打捞船抵达了发生事故的海域。

遇难者家属一大早就乘坐专机抵达关西国际机场,然后搭乘两艘海上救援船赶到事发地。

天空中盘旋着各家媒体的直升机。

巡逻艇从昨天开始就一直待在现场,用水下摄像机监视着在九十米深的海中的飞机残骸。午后,打捞工作在死者家属的见证下开始。

海面水流速度虽然缓慢,但是海底的水流速度却很快,因此打捞工作进展缓慢。

这时,政府委派的事故调查团也抵达现场。他们换乘巡逻艇，通过监视器上的画面注视着机体。

跟随调查团一同前来的记者们一边拍照，一边毫无责任感地交谈着：

"如果事故原因是机体出现故障的话，那么购买并使用洛克希德三星这款飞机的那帮全日空高层，估计会被吓死！"

下午一点半左右，飞机右侧主翼最先被打捞上来。

遇难者家属们希望先打捞遗体，不过由于装有遗体的飞机残骸落在海底裂缝之中，所以最先被打捞上来的是飞机的右侧主翼。

被大型打捞船吊起的机翼严重弯曲，向人们展现出事故的恐怖。

"看起来像是爆炸事故！"调查团中有人小声说道。

飞机比想象中还要坚固，即使坠落海中，主翼也不会这样解体，因此，调查团的成员一致认为，飞机是在空中解体的。

接下来，救援人员终于开始打捞遇难者遗体了。

五名潜水员稍事休息后，便潜入九十米深的海底，飞机残骸上部有个巨大的破洞，厚实的飞机合金向外翻卷。难以想象，是怎样强大的力量将飞机弄成这样的。

从破洞进入机舱内部的潜水员们，惊愕地看着那些残缺不全的遇难者遗体。只有靠近破洞附近的遗体是残缺不全的，其他座位上的遗体较为完好。

目前能得出的结果只有一个，那就是飞机内部出现了某种爆炸,这才导致这架客机坠落。

2

下午两点,首相官邸的电话又响了起来。

渡边秘书官拿起电话听筒,录音机与电话跟踪定位的装置也随之启动。

"我是'蓝狮'组织的成员!"

这次,电话听筒里传来一个年轻女人尖厉的声音。

"这个犯罪团伙中竟然还有女人啊!"

渡边秘书官想到这里,惊讶地问:

"这次又有什么事?"

"由于首相的愚蠢和政府的顽固,我们不得已又杀害了人质!"

"在什么时候?在什么地方?"

"在潮岬的海上,死亡人数达一百九十六人,是你们的顽固害死了他们!"

"一百九十六人……这么说,昨天那起空难是你们制造的?"

"没错!"

"你有什么证据说那起空难是你们制造的?"

"在那起空难中,我们使用的是塑性炸药。只要检查打捞起的飞机残骸,你就知道我说的是不是真的了。"

"你们又杀害了一百九十六人?"

"我们的要求与原来的要求一样。明天上午,你们要举行新闻发布会,请首相按照约定,将五千亿日元的防卫预算转到福利预算名下,或者一次性向商界筹集五百亿日元交给我们,当作一亿两千万名人质的赎金。如果你们拒绝的话,将会有更多人质被害!"

女人的声音冷静得可怕。她在提到又死去一百九十六人的时候,她的声音竟然没有丝毫波动。

"喂,喂,你们……"说到一半,渡边的肩膀颓然垂下。

对方迅速挂断了电话。

一旁的矢部警部面色苍白地怒吼:

"电话跟踪定位到嫌疑人的位置了吗?"

"和先前一样,我们只查到对方是从东京以外的地方打来的。"

得到了这样没有把握的回答,矢部和渡边面面相觑。

"昨天那场坠机事故,难道真的是他们所为?"渡边用沙哑的声音质问矢部。

"既然对方能将细节说得如此清楚,我想,这多半是真的吧!"

"这该如何是好呢?"

"现在可以请首相帮忙了吗?"

"你是说配合你们演戏的事？"

"没错。就像我之前说过的那样,这起案件虽然犯罪形式很离奇,但依旧是一起绑架案。侦破绑架案的关键在于交付赎金,所以,能否请首相假装接受他们的要求,在电话里告诉他们,我们已经从商界筹集到了资金。至于这笔钱,即使被对方看到也没关系,只要他们来拿赎金,我们就一定能逮捕他们！"

"他们如果让首相本人带钱过去,那该怎么办？"

"这件事好解决,你可以说首相正在参加内阁会议,你带钱过去。或者让我装扮成你的样子,把赎金拿过去。请给我们一个逮捕嫌疑人的机会吧！"

"我来配合你们演戏不行吗？"

"这样起不到作用！他们要求首相必须遵守承诺,召开新闻发布会。首相不出面,他们是不会相信的！"

"这肯定是不行的！"

"为什么？"

矢部的声音情不自禁地变大了,渡边的声音也变大了。两个人都不是在冲对方发火,而是为越来越严重却难以侦破的绑架案而生气。

"虽然首相只是谨慎,但党内还是有人批评他软弱。即使举行新闻发布会是在演戏,可一旦让人们看见首相屈服于'蓝狮'那群无赖的话,势必会掀起让首相下台的运动！"

"可是,如果人们知道首相配合我们演戏,拯救了很多人的生命,还将嫌疑人绳之以法,那么大家一定会感激首相的,他的民众支持率也会上升!"

"如果首相失去了现在的地位,不再是首相,那么他的国民支持率再高也没有意义。你们警察就不能靠自己的力量做些什么吗?这次他们炸毁了飞机,害死了一百九十六个人!现在你们应该可以找到破案的线索了吧?"

"我这就派部下去飞机坠毁现场和福冈机场调查。这次的案子不是为了骗保险金而制造的爆炸案,就算把所有乘客都调查一遍,也不一定能找到嫌疑人。我们也调查过那些激进派分子,但是你也知道,这次案件的嫌疑人和激进派分子没有关系。"

矢部的声音显得相当疲惫。迄今为止,警方完全是被嫌疑人牵着鼻子走。他们不但无法弄清嫌疑人的相关信息,而且也预测不出他们接下来会有怎样的行动。

矢部感到十分劳累。他已经预料到,这次"蓝狮"组织的成员也会在某个地方杀死他们所谓的人质,但是,矢部本以为这次和之前一样,只会有一两个受害者。他万万没想到,这次他们竟然炸毁了客机,杀死了一百九十六名人质!是因为提出的要求得不到满足,心急如焚,他们才大开杀戒的,还是他们早就计划好了,第三次作案要杀害大量人质呢?

3

矢部回到特别搜查部后,便立即派遣两名刑警赶往客机坠落现场——潮岬,又派遣另外两名刑警前往客机出发地福冈。

派到札幌的刑警定时和特别搜查部进行联络,但案子毫无进展。刑警没有找到目击嫌疑人枪击岩田贡一的目击者。

为了查明手枪的来源,在北海道当地警察的协助下,刑警对札幌一带的暴力组织进行排查,依旧没有任何发现。

由此,矢部得出结论:"蓝狮"与暴力组织、极端势力均无关系。

"可他们究竟是一群什么样的人呢?"

矢部想不明白。

难道他们是一群疯子?起初,矢部还以为他们不是杀人狂,甚至还因此而庆幸。但是,这次他们一下子害死了一百九十六个人,由此可见,他们就是一群杀人狂!

如果他们真的是一群杀人狂,那么他们以后还会制造出怎样的恐怖事件来呢?

三月三十日清晨,派往福冈机场的两名刑警打来电话,说他们有了线索。

他们发现了一个可疑的人,那个人好像就是放炸弹的嫌疑人。

指挥官的决断会影响事件的后续发展。

于是，矢部决定亲自前往福冈。他将自己手头的其他事情委托给特别搜查部部长，自己则乘坐上午九点零五分的全日空公司的航班赶往福冈。

因为刚刚发生过事故，所以飞机上的乘客很少。

空姐将"事故道歉"的宣传册分发给乘客。矢部打开从机场报摊上买来的早报。这份报纸简直就是坠机事故特刊。

第一版、第十三版、第十四版，整整三版全都是有关坠机事故的报道。

报纸上还刊登着从海底打捞上来的飞机右侧主翼的照片，并配有《特大惨案！》《惨不忍睹，一百九十六人葬身海底！》等惊心动魄的标题。

矢部看到了死亡乘客的名单，其中包括五名外国人。

嫌疑人先前的预告并非虚张声势。

美国大使馆官员一名（参事官）

德国贸易商一名

菲律宾音乐家两名

加拿大留学生一名

万幸这些人中没有重要的大人物。虽然人命不分贵贱，但是人的影响力却各有不同。

可当矢部把目光转向日本乘客名单时，他顿时感到了压力。

曾根崎裕介(六十五岁)

他看到了这个名字。

曾根崎是日本经济界的重要人物,还是前经济产业大臣。现在,他在经济界和政界依旧有相当大的影响力。

名单中还有两位知名艺人。

石崎由纪子(歌手)
加地邦也(电视明星)

石崎由纪子是一位拥有众多粉丝的歌手。加地邦也虽然才二十五岁,很年轻,却是一位极受欢迎的电视明星,有很多狂热的年轻女粉丝。

如果这两个人的死被那些娱乐杂志、女性杂志大肆报道,那么其负面影响是相当大的。接下来,那些歌手和演员应该都会在杂志、电视上发表"这件事太恐怖"之类的言论。

明星们被吓得面无血色!

歌手们也许会胆怯地说:"说不定我们也会遭遇这种事!"

矢部仿佛已经看到了杂志上刊登的内容。

如果嫌疑人的目的是在日本制造恐怖气氛的话,那么制造飞机爆炸案无疑是最有效的方法。

矢部乘坐的客机晚点了,飞机原定上午十点四十五分到达福冈机场,下飞机时的时间比原定时间晚了十五六分钟。此时的福冈机场正阴云蔽空。

机场的候机大厅里也张贴着四一七航班死亡乘客的名单。

先前被派往福冈的两名刑警——山下和黑田在机场迎接矢部。

在去福冈当地的警署之前,矢部打算先和这两名部下聊聊,于是他将两名刑警带到了机场的餐厅里。

矢部点了一杯咖啡,然后看着他们说:

"把你们知道的信息都告诉我!"

"目前,信息的准确性还没有得到确认,不过……"个子不高、做事认真的山下刑警谨慎地说道,"我们通过调查发现,在四一七航班出发之前,有个女人给歌手石崎由纪子送过一个她亲手制作的蛋糕!"

"蛋糕里面装的是塑性炸药吗?"

"有这种可能。当然,其他旅客的随身行李中也有可能装有炸弹,但是因为这次给首相官邸打电话的是个女人,因此,我们推断,这个女人一定与本案有关!"

"有目击者见过这个女人吗?"

"很幸运,当时有十五位粉丝在机场为石崎由纪子送行,她们都见过这个女人!"

"那么,这是一个什么样的女人呢?"

"她大概有三十二三岁,个子不高,长得似乎不太好看。她也许是感冒了,戴着一个很大的口罩,所以没有人看清她的脸。"

"她之所以戴口罩,大概是为了遮住脸吧!"

"她穿着款式过时的茶色连衣裙。"

"乍一看,她像是一个住大杂院的小店老板娘,是吗?"

"没错!"山下刑警笑道,他将根据十五个目击者的证词制作出的人像拼图递给矢部。

矢部看到了一个三十二三岁的女人的人像拼图,她的头发扎得紧紧的,戴着一个白色的大口罩,看不清嘴和鼻子。她的眼睛细小,眉毛稀疏,看起来是一个没什么精神的中年女人。

"这个女人为什么要给石崎由纪子送蛋糕呢?"

"听说当天刚好是石崎由纪子五十九岁的生日。"黑田刑警回答道。

"石崎由纪子已经五十九岁了吗?完全看不出来啊!女人真是怪物!"

"而且,听说,这个女人对石崎由纪子说,为了庆祝老师的生日,她亲手做了一个蛋糕送给她。"

"是她亲手做的蛋糕吗?"

矢部想:如果蛋糕里面真的藏着塑性炸药的话,那么这真是黑色幽默的典范了！

矢部喝着咖啡，看了好几遍这张人像拼图。

"怎么也联系不起来啊！"

"什么？"

"我听过那个女人打来的电话的录音。听那个女人的声音和语气，我可以感觉到她是一个很精干的女人。但是，这张拼图里的女人却给人一种愚钝的感觉。"

"你的意思是，打电话的和送蛋糕的不是同一个人？"

"不，我不是这个意思。如果这个女人就是嫌疑人，那么她可能故意把自己伪装成一个不好看的女人。如果化妆技术高超的话，那么她化完妆也许会让人完全认不出来。不过，嫌疑人也有可能另有其人，而这个女人只不过是受别人指使来送蛋糕而已！"

"有些女人化完妆，相貌会有翻天覆地的变化！"

"其他人看到这张人像拼图有什么反应呢？"

"这张拼图已经拿给机场的工作人员看过了，奇怪的是，竟然没有一个工作人员见过她！"山下刑警轻轻地叹了口气。

"协助制作这张拼图的那十五个目击者认为，拼图做得像他们看到的那个女人吗？"

"他们都说很像！"

"这不是很奇怪吗？拼图上的这张脸可是相当引人注目啊！现在留这种发型的人很少见，而且这个大口罩也很显眼啊！"

"我们也认为在机场的工作人员中,一定有人见过这个女人,所以到处打听,可是没有人见过她!"黑田刑警一副垂头丧气的样子。

矢部安慰自己的部下:

"不要气馁!事情大概是这样的——人像拼图上的这个女人送完蛋糕后,又躲进洗手间,在那里伪装成另一个人,然后又走了出来。也许她换上了漂亮的衣服,摘下了口罩,浓妆艳抹之后,戴上了帽子,这样她应该就能彻底'变成'另外一个人!"

"这样一来,这张人像拼图就没用了啊!岂止是没用,还让我们上了嫌疑人的当!"

"并非如此!如果嫌疑人再伪装成这个样子的话,我们就能认出她来了!这一点很有用。总之,在三月二十八日那天,那个有嫌疑的女人曾经到过这里!"

矢部既是在安慰两名部下,也是在鼓励自己。

他暗暗发誓:这次来到福冈,一定要找到本案的突破口!

餐厅的客人络绎不绝,虽然不断有客人进来,但矢部他们的这张桌子周围的座位却没有人坐,大概是客人们看到矢部他们凶狠的眼神,都躲开了吧。

"对了,塑性炸药到底是什么东西呢?"山下刑警挠着头问矢部。

他会这样问也不奇怪,激进派分子一般使用的都是普通的定时炸弹或燃烧瓶,很少使用塑性炸药。

矢部取出笔记本。

"我也不太清楚。来这里之前,我给科研部门打过电话,问过他们这个问题。他们说,现在最新式的塑性炸药都是美国制造的,叫'C4',好像是 Composition 4 的意思。英文单词 composition 是指成分或合成物。这种炸药呈白色泥土状,可以塑造成任何形状,这就是其特征。它既可以是板状,也可以被做成其他的形状,所以很难被发现!"

"这么说来,这种炸药也可以被制成蛋糕的形状,对吗?"

"没错,但是这种炸药本身不会爆炸,它需要引爆装置——雷管。我好像明白嫌疑人为什么要在福冈这个地方行凶了!"

"这话是什么意思?"

"你们只需要调查一下就会发现,福冈这边有许多火药厂。日本三大火药制造公司都在福冈设有工厂,当然,这些工厂也会生产雷管。也就是说,嫌疑人很容易在这里弄到雷管!"

"我们马上联系本地的警察,让他们和我们一起去调查火药厂!"

"嫌疑人选择在福冈作案,有没有其他的理由?"山下刑警问道。

矢部又点燃一支烟。

"我想还有另外两个原因。第一,他们是为了炫耀自己的同伙多且遍及全国,连打勒索电话的人都换成了女人。第二,他们利用了警察办案的特点。警察就算是下定决心对某个嫌疑人进行大规模搜捕,但是若案件没有发生,他们也不会有所行动。东京的刑警和札幌的刑警没有建立联合搜查组,不会跑去没有案件发生的地方进行搜捕。他们就是钻了这个空子!"

"那么,他们的下一个目标会不会是大阪一带的新干线呢?"黑田刑警脱口而出。

矢部激动地说:

"我决不允许这样的事发生!在嫌疑人杀害下一名人质之前,我们必须将他们绳之以法!不论多么困难、多么危险,我们也要做到!我们绝对不能让他们再去炸毁飞机、新干线了!这关系到日本警察的威信!"

4

矢部警部从东京特意赶到福冈,使福冈当地的警察再次认识到事态的严重性。

两地警方决定进行联合调查。

这次警方几乎动用了当地警署搜查一科的全部警力,并对当地的所有火药厂进行了彻底排查。

警方对雷管的账目和实物进行逐一核实。福冈制造雷管的工厂大大小小加起来总共有七家,每家工厂都有三四名刑警负责调查。

即便是产品质量不合格的废弃雷管,警察也对其数量进行了核实。然而,等候在当地警署的矢部始终没有收到丢失雷管的报告。

嫌疑人会不会是从其他地区的火药厂盗取了雷管呢?

福冈当地的警察也拜托附近其他地区的警察进行调查。

矢部来到福冈当地规模最大的N火药厂,见到了工厂的厂长。

"个人想要弄到雷管,除了从工厂将雷管偷出来之外,还有什么方法吗?"矢部问道。

厂长是一位从业三十年的老工程师,他想了想说:

"我们这边制作的都是工业用雷管。这些雷管会卖给建筑公司,嫌疑人有可能是从建筑工地将雷管偷走的!"

矢部看到了雷管的实物。那是长约三十五毫米、直径为七点五毫米的小钢管,里面装有起爆药。

"个人能买到雷管吗?"

"不能,买家都是特定的!"

"个人能制作这种雷管吗?"

"个人制作吗?"

厂长似乎是个很严谨的人,他思考片刻后说:

"外行肯定不行,搞不好会引爆炸药、弄伤自己!"

"曾经在这里工作过的工人能做出来吗?"

"或许可以制作出来,但是没有零件的话,制作起来会很困难。另外,电雷管要想安装电子点火装置,也必须有相应的部件!"

"电雷管是什么?"

"一般情况下,我们会在雷管上接一根导火线,然后点燃。如果想用电子点火的方式点燃炸药,可以在雷管上安装电子点火装置,这就是所谓的电雷管。"

听完厂长的话后,矢部决定先调查一下从火药厂购买雷管的建筑公司。但是,直到晚上,他也没有收到雷管丢失的报告。九州的相关公司一个雷管也没有丢失过。

5

这一天,潮岬海域的打捞工作仍在继续。遇难者家属坐在观光船上,注视着打捞工作,他们的脸上都露出倦意。

运输大臣为了监督并且鼓励打捞工作,也来到现场。他在巡逻艇上待了约两个小时,监督打捞工作。

为了收容遗体及飞机残骸,官方又调来两艘大型平底船,并用拖船在现场进行牵引。

好在今天和昨天一样,海上风平浪静。阳光在海面上闪闪发光,如果不是水下九十米深的地方沉着一百九十六具遗体的话,那这可真是一片平和宁静的大海。

海面上漂浮着遇难者家属撒下的花瓣,五名潜水员潜入漂浮着花瓣的海中。

乘客和乘务员的遗体所在的机体部分相当重,必须将其切割成三段才能打捞上来。

潜水员首先要做的是打捞遗体。他们要小心谨慎地将遗体一具具地打捞上来。

第一具遗体被三名潜水员打捞上来了。一旁的遇难者家属见到遗体后,号啕大哭。

这具遗体的主人是一位坐在头等舱的女乘客,她的右手被扭断,半张脸被炸飞。海上保安厅的工作人员用事先准备好的毛毯盖住了那具惨不忍睹的遗体。

不管怎么说,这里的海毕竟有九十米深,二三十分钟才能打捞上来一具遗体,所以遗体打捞工作进展缓慢。为了加快打捞速度,打捞工作的负责人又从东京请来了五名潜水员。

随着一具具遗体被打捞上来并摆放在平底船上,外行人也能看出来这次的事故并非单纯的引擎故障,因为头等舱的部分乘客遗体损坏尤为严重,所以头等舱里应该是有什么东西爆炸了。

警方已经从"蓝狮"那里知道了事故的真相,为了慎重起见,他们并没有将此事告知事故调查团。尽管如此,事故调查团也怀疑这是一起有计划的爆炸案了。

6

此刻,首相正在箱根的别墅里打电话。他正从身在东京的渡边秘书官那里听取令人郁闷的案件进展报告。

"刚才收到事故现场发来的报告,经调查,有人将炸弹带上了飞机!"渡边秘书官用低沉的语调报告着。

"这么说,那个自称是'蓝狮'组织成员的女人在电话里说的都是真的了?"首相愤怒地问道。

"是的。当然,也不能排除另外一种可能,那就是某个人为了获得这趟航班上某位乘客的保险金,炸毁了四一七航班!"

"警察还没有找到'蓝狮'组织的成员吗?"

"现在还没有。矢部警部已经亲自飞往福冈进行调查了!"

"听说这趟航班的遇难者中有曾根崎!"

"是的。您要不要以首相的名义给他的家人发一份慰问电报呢?"

"不用,我直接打电话慰问吧!你可以用我的名义,对那位在这次事故中遇难的美国大使馆官员表示哀悼!"

"我知道了!"

"现在有多少人知道这起客机坠毁事故是'蓝狮'所为?"

"除了首相您,还有法务大臣、国家公安委员长听过最新的录音带,特别搜查部的刑警们也都知道这件事!"

"运输大臣现在应该在现场监督打捞工作吧?他听过录

音吗？"

"没有。我认为不能让运输大臣和事故调查团的人太早知道此事，所以就没给他们听。这样做可以吗？"

"好，暂时就这样吧！"

"井原副首相那里如何处理？需要通知他吗？"

"暂时不要通知他。之前就是因为他知道我接了'蓝狮'打来的电话，他才那样得意忘形的，其他的内阁成员也都一样。我想在这里静养两三天。我希望你下次再打来电话的时候，告诉我的是卑鄙的'蓝狮'被逮捕的消息！"

"他们再打来电话该怎么办？"

"我不是已经决定了吗？我是首相，不能屈服于任何威胁！如果'蓝狮'那帮蠢货知道我决不妥协的话，可能会因为觉得无聊而就此作罢吧！你得让他们知道这一点！"

首相粗暴地挂断了电话，破案速度迟缓的警察和卑鄙的"蓝狮"使他心烦意乱。

7

左文字和史子在位于大厦三十六层的侦探事务所里，通过电视看到了全日空客机坠毁事故的新闻。

矢部打电话告诉他们，这起事故是"蓝狮"制造的。

"太过分了！"史子自言自语道。

此时，电视上正反复播放着遇难者名单。

"的确很过分！但是这对'蓝狮'组织的成员来说，只不过是在按照计划行动！"

"可是，我不明白……"

"不明白什么？"

"被害死的人越多，政府的态度就会越强硬啊！如今又有一百九十六人被害，如果此时政府将赎金交给嫌疑人，那么这样的政府一定会遭到国民的谴责的。而且，首相也不能自由支配国家预算，他们不可能拿到赎金。既然如此，'蓝狮'为什么还要杀死这么多人呢？我很不理解！"

"确实如此，不过他们都是天才，可能有我们想不到的计划，否则他们也不会杀害这么多人！"

他们的计划到底是什么呢？这一点，左文字也不清楚。

左文字想起前天见到的菅原明平和森誓子。他们都很年轻。难道是那两个人伙同另外三个人制造了这起全日空飞机事故？

左文字坐在摇椅上浏览着刚送来的晚报。报纸的第一版、第三版几乎全是关于全日空飞机事故的报道。因为警察和首相秘书的严防死守，所以报纸没有刊登关于"蓝狮"的报道。

看到第三版时，左文字突然"啊"地大叫一声。

"怎么啦？"史子问道。

左文字将摊开的报纸递给她：

"你自己看看吧!"

他的脸色十分苍白。

史子歪着头看着报纸第三版的内容,一行标题映入眼帘——《年轻的天才们在伊豆集体自杀》。

"啊!"史子也叫了起来,慌张地读起了报道。

三月二十九日上午九点二十分,在伊豆天城山附近散步的前田宪吉先生(六十岁),听到佐藤弘先生家的别墅中不断传来狗叫声,觉得很奇怪,前去查看,发现了屋中有五人死亡,随即报警。

据调查,这五名死者分别是:佐藤弘(二十八岁)、菅原明平(二十八岁)、高桥英夫(二十七岁)、森誓子(二十八岁)、村山朋子(二十七岁)。五人均系服用氰化钾中毒身亡。

房间里留有五个人联名写下的遗书,警察认定他们是自杀身亡。

佐藤弘等人的智商均在一百四以上,都是U大学特别班级的同学,毕业后创立了"社会结构研究会",立志于根治现代日本社会的"疾病"。他们在遗书中表示,他们对现代日本社会感到绝望……

史子放下报纸,一言不发地看着左文字。

"我知道了……"左文字阴沉着脸说道,"是我们错了!那两个人之所以给我们下了安眠药,让我们睡着,是不想让我们影响他们的自杀计划!"

"咱们碰壁了!"

"没有!"左文字用力地摇着头。

"可是……"

"再去一次日本英才教育中心吧!"左文字从摇椅上站起来。

"可是,我们错了!"

"是的。不过,绑架日本国民这种荒唐的计划,一般人是想不出来的!咱们上次分析过的嫌疑人在电话里说的话,'蓝狮'组织的成员肯定是一些天才,而且是受挫的天才!"

"可是,从U大学毕业后聚集在一起工作的组织只有两个啊!"

"因此,咱们这次要去调查一下那些不属于任何组织团体的人!"

8

左文字和史子再次来到日本英才教育中心,见到了柳沼理事。

柳沼理事对那五个人的自杀感到痛心,他眨了眨眼睛说:

"那五个人的心比大部分人的心都单纯,因此,他们所感受到的绝望也比大部分人强烈……对了,你们这次来有什么事吗?"

"请再给我们看一下U大学毕业生的卡片!"左文字说道。

左文字和史子又将那些卡片一张张地拿出来看,想从中找出受挫的天才。

M重工生产研究所所长……他一定对现在的生活很满意吧!

T大学哲学教授……他们似乎也可以把这位教授排除在外。

许多卡片上的人在外国大学里授课,其中不乏左文字熟悉的名字。

在美国某大学任教、提出过能够参评诺贝尔物理学奖的理论的物理学教授,其名字也赫然出现在卡片上。

这些人真不愧是智商一百四以上的天才,他们那被记录在卡片上的履历是那么耀眼。

但是,也有履历一栏完全空白的卡片。

"这是怎么回事?"左文字问柳沼理事,"毕业后,这个人没有在任何地方工作过吗?"

"需要我说一下这个人的情况吗?"

"请务必告诉我们!"

"其实,他刚毕业就涉及一起刑事案件!"

"他进过监狱?"

"是的!"

"那是一起什么样的案件呢？"

"杀人！他爱上了一个女人，认为对方应该也喜欢自己，结果那个女人却和一个平凡的上班族结婚了。因为他自尊心极强，所以无法忍受这样的结果！"

"于是他就杀了那个女人？"

"不，他杀了那个男人！"

"原来如此。拥有天才头脑的人，输给了比自己头脑差的人，难怪他无法忍受！他现在还在监狱里服刑吗？"

"不，他那时还在U大学，有位特别班出身的优秀律师为他辩护。在那位律师的帮助下，他被判得比较轻，只需要服刑八年。他四年前出狱了！"

"他入狱前后的住址，您这里都没有记录吗？"

"是的。不光住址，就连他现在在做什么，我们也不清楚！"

"这是个需要注意的人！"

史子将男人的名字记了下来。

牧野英公（三十五岁）

这个人现在的住址和职业都是未知的。卡片上虽然贴有照片，但那是十二年前他从U大学毕业时拍的照片。

那时的他前途似锦，照片上的他直视前方，眼里闪烁着光芒。此人天庭饱满，脸部棱角分明，一看就是个才子。刑满出狱的他,还会这么满面春光吗?

在近百张卡片中,他们又发现了第二个值得注意的人物,这是一个女人。

双叶卓江(二十九岁)

这是她的名字。

她在U大学主修化学,后来进入研究生院,二十六岁获得博士学位。但是,在这之后,她的人生却是灰暗的。

二十七岁　结婚。
二十八岁　离婚,同时住进松江精神病院。
二十九岁　出院,出院之后行踪不明。

"她在研究生院时,我见过她!"柳沼沉重地说道。

"这是一个什么样的女人呢?"史子一边看卡片,一边问柳沼。因为同是女人,所以史子对她格外感兴趣。

"她这种类型的姑娘很少见——这么说也许会被许多女性责备——她是个很喜欢理性思考的姑娘,这却成为她悲剧人生的根源!"

"这话是什么意思?"

"如果她一直单身,一心扑在学术研究上,那么她或许会很幸福。"

"可是,她恋爱并结婚了,是吗?"

"是的。卡片里没有写她前夫的名字。不过,那个人是一家知名电器制造厂的技术员。不幸的是,那个男人是个俗人,她爱上了这个俗人。卡片里不是有她的照片吗?她虽然算不上是美女,却是一个很有气质的女人。她的前夫本应该对她的智慧充满敬意,可是他却强迫她变成一个愚蠢且幼稚的女人。他让她顺从自己,他说什么,她就必须做什么。她也努力地去适应丈夫,但终究是徒劳。她这种聪明的女人不可能变成愚钝的家庭妇女。最终,她患了精神分裂症,并且离了婚。这完全是那个男人一手造成的!后来,她住进了精神病院,她的结局很悲惨!"

"她现在出院了吗?"

"听说她已经出院了,但是我不知道她现在怎么样了。这么优秀的才女就这么被埋没了!"柳沼理事惋惜地说道。

9

第三个人的情况比前两个人的要稍微复杂一些。刚看到那张卡片的时候,他们差点儿没注意到那个人的特别。

串田顺一郎(三十四岁)

U大医学系毕业。

通过国家医师执业考试后,在城北医院担任外科医生。

后来只身一人来到濑户内海的K岛的村庄诊所工作。

乍一看,这个人的履历似乎没有什么问题,但是一个原本在大医院工作的人为什么要去濑户内海的一个小岛的村庄诊所工作呢?

也可以将他的举动看作是为工作牺牲小我,但是史子突然说出的一句话使这件事变得离奇。史子说:

"前几天,我看了一档纪实类的电视节目,里面提到了K岛。一位从东京调到K岛村庄工作的医生,在没有任何预兆的情况下突然消失了,K岛的那个村庄又变成了原来的无医村,那里的情况变得更糟了!"

"你还记得那个医生叫什么名字吗?"

听到左文字的发问,史子思考片刻后回答:

"那个医生好像被称为'串田医生'。他专攻内科和外科,是个很奇怪的医生,经常会把患者扔在一边,自己偷偷去海边钓鱼。村里没有医生这件事让K岛的村庄的村长深感不安,所以他觉得什么样的医生去坐诊都可以,他只希望有医生能去。"

如果事情真的像史子说的那样,那么这个叫串田的医生,并不是因为使命感才去濑户内海的小岛的村庄工作的!

"这个人……"左文字指着卡片问柳沼,"您知道这个人为什么辞去了城北医院的工作吗?"

"我认为他是因为具有崇高的奉献精神,才舍弃优越的工作环境,去那个 K 岛的无医村工作的!"

"你见过串田医生吗?"

"我只见过他一次。他去 K 岛赴任的那天,我去东京国际机场为他送行。"

"他给你留下了什么样的印象?"

"我觉得他是一个有些神经质的青年。那时正是十二月,天气很冷……真是难为他了!"

除了这三个人,左文字和史子没有在这些卡片上发现其他值得注意的人。这并非因为那些人没有犯罪记录,只是因为他们的年龄与目标人物不符,自称"蓝狮"的那帮人应该不会是六十岁以上的老者。

谢过柳沼理事,左文字和史子走出英才教育中心。为了进一步了解串田顺一郎的情况,他们坐上出租车,向城北医院出发。

司机对他们说:

"你们知道吗?最近发生了一起很严重的事故啊!"

说完,他打开了车载收音机。

播音员正在播报客机坠毁事故的新闻。

在听完遇难乘客名单的播报后,司机激动地说:

"明天早上,救援人员开始从海中打捞飞机残骸。有几位专家在看过水下摄像机拍摄的飞机残骸破损情况后认为,这是一起客机爆炸事故!"

爱聊天儿的司机继续说:

"制造这一起爆炸事故的人,肯定是想得到保险赔偿金!"

"嗯,大概是这样的吧。"左文字嘴上在回应司机,心里却在想别的事。

"蓝狮"组织的成员先杀了两个人,接着又杀了一个人,这次他们为什么突然杀害这么多人呢?左文字想不明白。

此时,出租车已经到达城北医院。

这是一所大型综合医院,医院大楼有五层。现在虽然已经过了门诊时间,但左文字还是借首相秘书官渡边先生的大名见到了医院事务长。

事务长已经在这家医院工作二十多年了,左文字一提起串田顺一郎这个名字,他那张平静的脸顿时变得严肃起来,仿佛这家医院的人忌讳提起串田顺一郎这个名字。

"您能告诉我们串田为什么离开这家医院吗?"左文字单刀直入地问道。

"因为他要去一个偏僻的无医村工作!"

"这只是表面上的理由。我想知道串田医生辞职的真正原因!"

"真正原因就是串田医生去了濑户内海K岛的村庄的诊所!"

"我知道这件事,但这应该不是他离开的理由!"

"就是这样!因为他想去无医村看看,所以就去了K岛的村庄!"

他想敷衍左文字,但他越是这么说,左文字越是觉得串田医生的过去有某个不可告人的秘密。

"我说,事务长……"左文字直视着对方的脸,"串田医生很可能涉及一起很棘手的案子——那是一起杀人案!"

"杀人案?真的吗?"

事务长脸色大变。与其说他是因为听到"杀人"这个词而感到震惊,不如说是"杀人"这个词与串田医生的过去有着某种关联。

"是真的!"左文字认真地说道,"我们无论如何都要阻止他的犯罪行为。我们必须了解串田医生的情况,否则就会有更多的人被害。请务必协助我们!"

事务长沉默了,他陷入了沉思。这种沉默持续了五六分钟。

"你们能保守这个秘密吗?"他用严肃的眼神看着左文字和史子。

"当然,我们是按首相的指示行动的,一定会保守秘密的!"

"你们汇报的时候,能不能不要提及这家医院的名字?"

"我们绝对不会说的,我发誓!"

"其实……"事务长突然垂头丧气地说道,"串田医生有些奇怪,他虽然聪明过人、医术精湛,却总是有一些奇怪的想法!"

"他有什么奇怪的想法呢?"

"这是优秀的医生很容易有的错误想法:为了医学的进步,无论做什么都应该被原谅……"

"是'为了达到目的,使用一切手段都是合理的'这种想法吗?"

"是的。为了拯救五百名病人,即使杀死两三个人也没有关系——这种想法太危险了!"

"二战时期,日本医生在中国对活人进行解剖时,也使用过这种理论!"

日本"七三一"部队的医生曾经对中国的百姓进行过活体解剖!当时有几名医生,现在依然活跃在日本的医学界!而他们对自己这种惨无人道的恶行的唯一解释是,这样做是为了医学的进步!这种为杀人辩护的谬论完全站不住脚!

"串田医生也做过类似的活体解剖吗?"

"去年十月中旬的一个深夜,有一名因交通事故而濒临死亡的青年被救护车送到了我们医院。这个青年头盖骨骨折,只剩一口气了。当时值班的只有串田医生和一名护士。"

"他立刻给患者做手术了?"

"串田医生把患者送到了放射治疗室!"

"放射治疗室?那不是对肿瘤患者进行放射治疗的地方吗?他为什么要把需要做外科手术的患者送到那种地方去?"

"在放射治疗中,最困难的是医生不知道该对患者用多强的放射线进行照射,以及不清楚该照多长时间。放射线对人的皮肤和器官是有损害的,这是难点,也是这种治疗比较危险的地方。后来,串田医生解释说,他想弄清楚这个范围是多少。"

"……"

"那个患者虽然濒临死亡,但是其肝脏等器官都是健康的。串田医生用直线加速器对其进行了强 X 射线照射,直到其肝脏变红、溃烂为止。串田医生因此测量出了医生治疗肿瘤时应该使用的 X 射线的时间和强度。"

"直到器官完全被 X 射线破坏为止?"

"是的!"

"这不是杀人吗?"

"串田医生认为,这个青年已经救不活了,不如用他进行实验!通过这次实验,他取得了有关放射治疗的宝贵数据,所以他认为自己没错!"

"那么医院是怎么对死者家属解释的呢?"

"诊断书上写着,患者因颅内出血而死亡!"

"但是,他并非死于颅内出血,而是死于强 X 射线的照射,是吗?"

"这一点,只有串田医生自己清楚!"

"医院是因为这件事让他辞职的?"

"当时,和他一起值班的护士把这件事告诉了她的一位记者朋友。那位记者因为没有事实证据,所以没有把这件事写成报道,但是院长很担心这件事,于是就把串田医生暂时调去濑户内海K岛的村庄的诊所工作,先避一避风头。但是串田医生在没有事先通知我们的情况下消失不见了,大家都很担心他!"

"串田医生没有反省自己的行为吗?"

"我刚才已经说过了,他是一个奇怪的人。他对医院的安排非常生气。他认为自己明明做了对医学界有贡献的实验,却遭到了大家的谴责!"

"那么,你们完全不知道串田医生如今在什么地方、在干些什么事吗?"

"是的。医院的领导也因此感到苦恼。本来跟他约定好,让他在K岛的村庄的诊所干两年,结果他才干了四个月,就消失不见了!"

"串田医生有家人吗?"

"他的父母和弟弟在广岛,但是我听说,自那以后,他没有再跟家人联系过。"

"我知道了。"左文字点点头。

第六章　意外的进展

1

客机坠毁事故发生后的第三天,也就是三月三十一日那天,各家报纸依然大幅报道着这起事故。

除了被水流冲走的一部分尾翼残骸,坠毁客机的大部分残骸都被打捞上来了。

被打捞上来的一百九十六具遇难者遗体,也摆在悲痛的遇难者家属面前。

事故调查团表示,他们虽然还没有得出最终结论,但从机体和遇难者遗体的破损情况来看,这极有可能是一起爆炸引起的坠机事故。爆炸点就在主翼根部附近的座位上。这一爆炸性论断无疑给本就对此事极为关注的舆论又加了一把火。

"不安的时代""疯狂的时代"这类词在报纸和电视上频繁出现,警方暧昧的态度使人们更加不安。

在事故调查团宣布这有可能是爆炸导致的坠机事故后,警方本应该立即有所行动,但是不知何故,面对媒体,他们似乎在有意回避直面事故调查团的调查结果。

实际上,警方对此案的调查和搜捕早已开始,只是因为害怕国民对这起绑架案产生恐慌,所以才流露出模棱两可的态度。

不知不觉间,警方已经把这一连串的事件与绑架案联系了起来。

各家报社的晚报截稿时间大多是在下午两点。

下午一点整,位于东京八重洲的《中央新闻报》社会部收到了一个小包裹。

这是一个约有半个手提箱大、用油纸包着的小型包裹,上面还贴着从报刊上剪下来的印刷字"《中央新闻报》社会部收"。在寄件人落款处,也同样贴着印刷字"蓝狮"。

社会部的总编和记者们看着面前的这个包裹,脸色苍白。在客机坠毁事故之后,坊间盛传,这起事故是有人在飞机上装了炸弹。

最近,报纸和杂志上随处可见"不安"和"恐怖"之类的词,这让大家更加害怕。

"这个包裹里不会藏着定时炸弹吧?"总编面无表情地对周围的记者们说道。不知他是真的这么想,还是在开玩笑。

年轻记者将耳朵贴在包裹上听了听,松了口气:

"包裹里没有'咔嚓咔嚓'的声音,应该不是定时炸弹!"

"这个包裹是怎么送来的?包裹上没有贴邮票,是谁将它送到楼下前台的？"

总编环视着众人的脸。

"听前台的女孩儿说,这个包裹是在她没注意的时候放在前台的。"

"没注意？前台的人太不靠谱儿了！"

"这也是没有办法的事啊！前台总共三个人,而且来访者络绎不绝,她们没注意是谁把这个东西放在前台上的也很正常啊！"

有三位姑娘负责《中央新闻报》前台接待的工作。她们穿着橙色的制服,工作相当辛苦。

她们要让来访者填写登记卡片,然后打电话告诉公司内部的人,与此同时,她们还要充当向导并回答许多来访者提出的问题。

在工作忙得不可开交的时候,她们根本就注意不到服务台上是否多了一个包裹。而且,很多人以为前台是可以寄存物品的,因此有不少人在那里存放东西。

"总之,先打开看看吧！"总编说道。

"打开这个包裹不要紧吧？'蓝狮'这个名字像是激进派使用的名字,咱们可是写过谴责他们的文章啊！"

"我们谴责过很多人呢！你要是害怕,就离远点儿！"

总编从抽屉里取出剪刀,剪断捆扎在包裹上的绳子,打开了包裹。

没有一个人躲开，大家全都注视着这一过程。

油纸里包裹着一个很大的塑料饭盒。饭盒的一角有撕掉价格标签时留下的痕迹。这个饭盒应该是从商场买来的。

打开饭盒的盖子时，总编下意识地向后躲了一下，然而饭盒并没有爆炸，里面也没有跳出老鼠来。

饭盒里装着八盒录音带。

这些录音带的带盒上写着序号，数字写得很大，除此之外，包裹里没有其他信件或照片之类的东西。

"按顺序听一下这些录音带吧！"

总编拿起一号录音带。

"这不会是恶作剧吧？"

"如果是恶作剧，那就有趣了！"

总编让人拿来录音机，决定从一号录音带开始听。

2

录音机里传出一个冷静的男人的声音。他的声音虽然有些尖厉，但是记者们都能听得很清楚。让他们感到惊讶的并不是那个男人的声音，而是他说的话。

诸位记者，现在我要说的话，全都是事实，只要听一听二号到七号的录音带里的录音就知道了。如果你们能接受的话，请继续听一下八号录音带。

我……准确地说，应该是我们……我们的人数不能公开。

三月二十一日那天，我们绑架了一亿两千万日本国民，还有在日本的外国人。

诸位可能会嘲笑我们傻，但是请听完我的话，然后认真考虑一下吧！

从我们宣告绑架日本国民的那一刻开始，一亿两千万名人质的安全就掌握在我们的手中。区区二十万名警察是保护不了一亿两千万名人质的，即使动员自卫队也是一样，因为他们不知道我们将袭击一亿两千万名人质中的哪一个，所以他们只有坐立不安的份儿。

事实已经证明，不论是二十万名警察，还是政府每年投入五千亿日元巨资供养的自卫队，在我们的面前都显得毫无作用。

尽管如此，对一国负有责任的首相以及他身边的人，却不肯答应我们的要求，一直在不负责任地逃避！

我们没有办法，不得不杀害人质。对我们来说，这是一件痛苦且悲伤的事，但是他们仍然没有从这起绑架案中认识到事态的严重性，是他们迫使我们杀死人质的！

相关内容，诸位听完二号到七号录音带后便能一清二楚。

那么,就请听二号到七号录音带吧!

你们可以在八号录音带中听到我们的要求及主张。

另外,录音带中出现的首相的声音,就是首相本人的声音。如果你们不信,可以进行声纹鉴定等科学鉴定。

3

这时,总编和记者们都半信半疑,很多人认为这是一场恶作剧,只有脑袋坏掉的人才会扬言自己绑架了全体日本国民!

不管怎样,他们还是按照序号的顺序听完了所有录音带。

每换一次录音带,记者们的眼神就会发生许多变化。

当听完第七盒录音带——有关客机坠毁事故的电话录音后,他们的表情一致了。

"不要再磨蹭了!"总编怒吼道,"一个人去给首相官邸的渡边秘书官打电话,确认事情是否属实!另一个人叫警察过来调查一下!其他的人一起来听最后一盒录音带!"

一个记者飞身去打电话,另一个记者则冲出房间,直奔东京警视厅。

剩下的人则待在总编身边,一起听八号录音带里的内容。

八号录音带里男人的声音与一号录音带里男人的声音一

样,他的声音还是那么尖厉。

听完二号到七号录音带,你们有什么感想呢?你们应该感到震惊吧?你们应该知道我们并没有撒谎!

你们应该是想跟秘书官联系核实录音带里的内容或报警吧?但是,秘书官和首相应该会含糊其词地回复你们,警察也会敷衍你们。他们害怕引起国民的不安,所以想秘密地侦破这起重大的绑架案!

然而,他们能破案吗?

这次的绑架案与普通的绑架案不同。

我曾说过,在这次的绑架案中,人质太多,警察和自卫队都不可能保护人质。他们虽然已经隐约意识到这一点,但仍然不想破坏自己的威信,一直顽固地拒绝我们的要求!如此一来,我们就不得不杀害人质。而下一个不幸的人质,也许就是正在听录音的你们!

我们的周围到处都是人质,我们不必选择,只需要在暗处胡乱射击,就可以杀死一名人质!

而日本当局竟然至今都无法明白这件事的严重性!他们碍于面子,误以为自己可以保护一亿两千万名人质。不,应该说,他们愿意相信自己能够保护得了所有人质!

然而,他们无法保护人质的安全,他们没有这个能力!无论他们拥有多么强大的武器,拥有多么庞大的预算,他们都连一名人质也保护不了！这是不容置疑的事实！

但是，他们到现在还在拒绝我们的要求，不愿意交赎金！

他们担心，按我们的要求交了赎金，他们就会颜面扫地。他们害怕因为自身的无能而被迫下台。

但是，无论怎样列举他们的愚蠢也无济于事！

我们决定无视无能的首相及其政府，给人质保全自己的机会！

为此，我们将这八盒录音带送给贵社，希望贵社将其公之于众！

我们决定给一亿两千万名人质两条生路：

一、每人交给我们五千日元的赎金。

如果想用五千日元赎金买到安全、从人质的境遇中解放出来的话，就给M银行江东支行的活期账户（账号：〇七二九二八；账户名：三神德太郎）汇款五千日元。三口之家就是一万五千日元。汇款一到，你们就会收到一枚美丽的和平徽章。佩戴徽章的人，我们就会将其视作用赎金交换过的人质，按照约定，不会对其做任何事。

二、那些不想支付赎金的人可以自己保护自己！对那些忘记如何保护自己的日本人来说，这是很好的训练！对拒绝交赎金的人，我们决不会留情！走路、坐车、坐飞机时，没交赎金的人都要小心一点儿！

诸位记者,请不要在公布录音带前和当局提及此事,那样做一点儿意义都没有,他们拿我们没有任何办法!

关于赎金的支付问题,我们没有宽限期。也许明天我们又会杀害新的人质。在那之前,请尽早设法保障自己的安全!

4

总编抱着录音带飞奔进社长的房间。事关重大,他无法自己做出决断。

老练的社长听完总编的报告之后也目瞪口呆。

"警方对这件事有什么反应?"

"真让这帮人说中了,警方急得焦头烂额!录音带里说的都是真的!"

"那么,首相的声音也是真的了?"

"嗯,我认为应该将这件事写成报道,刊登出来!这样的大新闻不能压着不报!"

"但是,这是一起重大的绑架案!"

"社长,这与一般的绑架案不一样!一般的绑架案一旦公开,人质的安全就会无法保障,所以应该压住消息,但是这起绑架案,只有公开消息,才能保证人质的安全!而且,如果嫌疑人把相同的录音带也寄给其他报社,那么我们就错失良机了!"

"离晚报截稿还有多久?"

"还有九分钟!"

"好,将这则消息放在头版头条,使用令人感到害怕的句子报道它!"

"我已经想好标题了——《前所未闻的绑架案,震惊日本!》,怎么样?"

"很好,"社长微微一笑,"这将会成为一个有趣的新闻事件!"

总编回到自己的房间后,命令部下赶快写稿子。他对一个叫本间的记者说:

"马上去调查三神德太郎这个人!"

"这个人就是嫌疑人吗?"年轻的记者本间眼中闪烁着光芒问道。

总编"嗯"了一声,接着说:

"我也不知道。如果他就是嫌疑人的话,那么警方很快就能破案。只要警察将三神德太郎逮捕,此案就会结束。但是,通过录音带可以看出,'蓝狮'组织的成员很聪明,很冷静,他们做事是有计划的,警察应该没法儿立刻将他们逮捕!"

"那么,这个三神德太郎的银行账户,会不会是用假名字开的存款账户?"

"如果账户的户名是假的,那么对方收不到钱,又如何给汇款人寄徽章呢？"

"是啊，我也不知道这究竟是怎么一回事！"

"正因为不知道，我才希望你去调查一下！"

总编一把将年轻的记者推了出去。

本间来到位于向岛的 M 银行江东分行。

在小城镇工厂聚集的区域中央，有一座三层楼高的大银行。本间走进银行，向大堂经理出示了记者证，见到了分行行长。

"是否有一个叫三神德太郎的人在这里开了一个存款账户？"

听本间这么一问，分行行长不解地眨了眨眼镜片后面的小眼睛。

"我们银行有规定，要为客户保密！"

"这个我知道。我并不想打听他有多少存款。实际上，我们报社跟三神先生有业务往来，我想调查一下他是否可靠。您可不可以告诉我，在哪里能见到他？"

"报社和三神先生有业务往来吗？"

"三神先生不是在制作徽章吗？"

"嗯。"

"我们报社最近要举办一个活动，需要徽章，因此，我们想从三神先生那里订购徽章。我听说三神先生做事很可靠！"

"原来是这样啊，你这么说，我就明白了！从前面这条路往右走一百五十米左右，有一个路口，从其旁边的小巷子拐进去，走一会儿就能看到'三神制作所'的招牌。"

本间谢过分行行长后,沿着他指的路走去。

这是一条散发着平民区特有气味的街道。鱼店旁边的一小块空地和分行行长所说的小巷子映入眼帘。本间走进小巷子,果然看到了分行行长所说的那块招牌。

那座建筑的白铁皮屋顶上涂着沥青,它是一个典型的街道工厂。本间用手擦了擦被烟熏黑的玻璃窗,往里面看了看,发现里面没有人。

工厂有一栋附属的二层住宅小楼,小楼大门上挂着写有"三神"字样的招牌。大门前栽着成排的树木,还建了一个小水池,二三十厘米长的鲤鱼在水池里游动,但是,无论本间怎么喊,屋里也没有人回应。

本间打算继续喊,背后突然传来说话声:

"三神先生不在家!"

本间回头一看,一个穿着木屐的秃头老人站在他的身后。

"你是……"

"我是隔壁修汽车的。三神夫妇一个星期前去旅行了,现在还没回来!"

"你知道他们去哪儿了吗?"

"他们去哪儿旅行通常会告诉我,这次很少见,他们连去哪儿都没跟我说就走了,不过,他们差不多也该回来了!"

"你怎么知道的?"

"他们让我帮忙给他们的树浇水,给池子里的鱼喂食。"

老人在水池前的向阳处坐下,开始喂鲤鱼。

本间望着为了抢食而把水搅得"哗啦哗啦"响的鲤鱼,问老人:

"三神先生是个什么样的人?"

"你是谁?我以前没见过你!"

"我想跟三神先生做点儿生意,想了解一下他可不可靠。"

"这一点没问题,没有比他更讲信用的人了!"

"他多大年纪了?"

"他跟我同岁,已经六十五岁了。"

"他是和夫人一起去旅行的吗?"

"嗯,那可真是一对好夫妻啊!他们相当恩爱!"

"他们有孩子吗?"

"他们四十多岁才生了一个儿子。"

"那个孩子呢?"

"那个孩子两年前离家出走了,至今下落不明。孩子刚离家出走时,夫妻俩都很难过,现在好不容易才振作起来!"

"四十多岁才生儿子,这么说,他儿子现在才二十来岁吧?"

"他差不多二十二三岁,是个好孩子,但是脾气不好,突然跑了,再也没有回来过!从那以后,我就再也没见过他了!"

"是这样啊!"

"对了,你多大了?"

5

当天,各家晚报的头版头条都刊登了这起恐怖的绑架案。

"蓝狮"果然把同样的录音带寄给了东京所有的报社。

左文字跟史子像往常一样,在异乡人咖啡厅一边喝咖啡,一边阅读着这些报道。

左文字有一个信条:雷不会两次劈中同一个地方。从纯粹的概率论来看,这是完全没有意义的,但信条这东西就是非理性的。因此,此时的他坐在咖啡厅里,很淡定地往咖啡里加砂糖。

"他们终于等得不耐烦,把消息公布出来了!"

听到史子的话后,左文字摇了摇头:

"不对!"

"什么不对?"

"他们并非等得不耐烦了,这是'蓝狮'一开始就计划好的!"

"这是他们一开始就计划好的?"

"没错!"

"但是,他们不是给首相官邸打过好几次电话吗?还说支付五千亿日元和一次性支付五百亿日元都可以。现在他们一定是觉得那样做没用,这才想到从大家身上慢慢地勒索钱财!"

"那可是个由天才组成的犯罪组织!"左文字摇着头说道,"他们绝对是按照计划行动的!这起绑架案从一开始就有周密的计划。无论是索要五千亿日元的防卫预算,还是一次性把商界捐给保守党的五百亿日元拿出来,我认为这些绝对不是他们随便提出的要求,他们从一开始就计划好了一切。也就是说,他们从一开始就知道,首相不会答应他们的要求!"

"那么,他们为什么要这么做呢?"

"为了录音带。他们告诉报社,他们绑架了一亿两千万人,还杀害了一些人质,这种事报社是不会相信的。就算'蓝狮'说这次的客机坠毁事故也是他们的杰作,报社也不会相信。因此,他们先给首相官邸打电话,将这场荒唐的绑架案告诉首相,并对其回复进行录音。现在,双方都将电话内容录了音。接下来,他们杀了两个人,再次打电话并录音。他们很巧妙地让首相接了电话。在接下来的电话中,他们预告会继续杀害人质,这次接电话的人是渡边秘书官,他们依旧录了音。也就是说,他们想通过反复录音,让所有人都知道他们的行动。一般来说,嫌疑人都会隐瞒自己的罪行,但是他们却反其道而行之。'蓝狮'组织的成员就是想让人们知道他们就是绑匪,是杀害人质的嫌疑人!"

"这样做,他们就能成功了?"

"只要有录音带,报社就不得不信。而且,他们还录了首相的声音。如此一来,他们就可以放弃之前所有表面上的要求,然后提出真正的要求!"

"每个人交五千日元赎金?"

"对!按一亿两千万人计算的话,那他们就能得到六千亿日元。警察和自卫队是决不会付钱的,他们大约有两千万人,还剩下一亿人,也就是约五千亿日元。这和'蓝狮'一开始向首相索要的金额一致!"

"不过,会有人把钱付给他们吗?"

"他们认为会有人付钱。我倒很想看看这些天才们的预测是否正确,人们是否会认为用五千日元的便宜价格就能买到安全!"

"不过,认真想一想,他们的计划应该是不会成功的!五千日元赎金的支付方法实在是太草率了!如果警察逮捕了报纸上提到的那个三神德太郎,他们不就没办法了吗?我总觉得他们的行为有点儿孩子气!"

"是啊,"左文字抬起头,看了一会儿天花板,"我们决不能轻敌!我们在英才教育中心找出了三个疑似嫌疑人,但是,我们还不能肯定他们就是真正的嫌疑人,也不清楚他们的住址。"

"他们三个一定是真正的嫌疑人!"

"很有可能!三个人的智商都在一百四以上,甚至有可能在一百六十五以上。我虽然不认为智商万能,但是我可以肯定,他们都是很聪明的家伙!最重要的是,他们三个人中有一个人是串田顺一郎,一个搞过活体解剖的医生!冷酷的他,为达目的不择手段。天才往往都是利己主义者,冷酷无情、头脑聪明是他们三个人的共同点。他们不仅不幼稚,而且做事不会留下把柄,不可能很快就被警察逮捕!"

"话虽如此,可是……"

"在绑架案中,最困难的是交付赎金,嫌疑人在这上面下足了功夫。有的绑匪会要求用飞机把钱投放到指定地点,有的绑匪则是索要一张价值几亿日元的邮票。"

"也就是说,把钱汇到三神德太郎名下的账户上,不同于普通绑架案的赎金交付,是吗?"

"没错,他们不可能不花心思去做这件事!"

"不过,我也没看出他们在这件事上下过什么功夫啊!这个叫三神德太郎的人应该是那帮绑匪的同伙吧?除了将赎金汇到他的账户上,我也没看出来他们有什么动作啊!咱们要不要去见一见这个三神德太郎?或许我们能从他那里找到和'蓝狮'有关的线索!"

"咱们没有必要去!警察应该看过报纸了,估计早就去调查了。他们会出动大批警察去调查三神德太郎,用不了多久,矢部就会告诉我们相关信息!"

"说得也是!"史子也赞同他的想法。

调查嫌疑人的身份,警察做得更专业。

邻桌刚坐下来的一对年轻情侣正在热烈地讨论着这起绑架案。因为他们说话的声音很大,所以很自然地传到左文字的耳朵里。左文字很好奇这对年轻男女会对这起案件有什么看法,于是点了一支烟,默默听着。他看了看史子,她好像也在听。

"太可怕了!"男人说出自己的感受,"我以后再也不能安心地乘坐飞机和新干线了!这帮绑匪什么事都干得出来!"

"警察好像还没有抓到他们！如果警察明天就逮捕了这帮人,那么五千日元不就白花了吗？"女人说得很现实。

"你可真笨！到时候,我们去找那个三神德太郎,把五千日元要回来不就行了吗？"

"也是啊！不知道他们会寄给咱们什么样的徽章。嫌疑人被抓后,那徽章说不定能卖个好价钱！"

"你最好别说得那么大声！咱们不知道他们躲在哪里,听说他们第一次杀人,就是在这家店里！"

"我知道,我喝咖啡的时候没有加糖！你打算交赎金吗？"

"没办法,我是打算交的。下个月咱们还要去大阪,如果再发生上次那种坠机事故,那么咱们就都完蛋了！"

年轻情侣喝完咖啡后就走出了咖啡厅。

左文字看着史子。

"至少,一亿两千万人中的两个人,准备交赎金了！"

"我们也要花五千日元买安全吗？"史子半认真半开玩笑地问左文字。

"我们是买不到安全的！"左文字回答道。

"为什么？矢部不是提前支付过费用了吗？咱们还是有钱交赎金的！我也想看看徽章是什么样子！"

"反正很快就能看到了！"

"你觉得大家都会争先恐后地花五千日元买徽章吗？"

"对,我想会的！现在确实是个不错的时代,可以说,大家的生活相当奢侈,人们不仅有私家车,还可以到海外旅行。生活在这样的时代中,人们自然会更加珍惜生命。因此我认为,有相当多的人会花这笔钱,而且再不买就糟糕了!"

"为什么?"

"他们还会杀害更多的人!这是很可怕的!"

"也是啊!你是不是觉得,即使我们交了赎金,也买不到安全?"

"如果咱们盯上的那三个人就是'蓝狮'组织的成员,那么我们对他们来说就是绊脚石,就算咱俩都交了钱,只要我们继续调查,还是会被他们盯上的!"

"可是,我还没有被盯上的感觉!"

"这就证明我们尚未接近他们!我们连他们三个人在哪里、在做些什么都不知道,他们还没有必要消灭我们!"

左文字笑了,和以往开朗的笑声不同,这次他发出的是自嘲的笑声。

现在,他们就算是去炸毁新干线,左文字也无法阻止。

"他们只有三个人,不过……"史子欲言又止。

"你想说什么?"

"天才很容易被孤立。如果他们组成了一个团体,那么他们一定有某种共同点。他们应该都是 U 大学毕业的吧?"

"那又怎么样?"

"我们再看一下那三个人的年龄吧!"

史子翻开小巧的笔记本。

"服过八年刑的牧野英公现年三十五岁,做过人体实验的串田顺一郎医生现年三十四岁,进过精神病院的双叶卓江现年二十九岁。牧野和串田分别是三十五岁和三十四岁,所以他们应该是同一时期在U大念书的同学。至于二十九岁的双叶卓江,从年龄上看,不可能跟他们在同一时期在U大念书。"

"嗯。"

"再说牧野和串田这两个人。牧野刚从U大毕业,就因杀人而进了监狱,这样的话,这两个人的关系就很难想象了。我觉得这三个人的生活轨迹好像很分散!"

"嗯,"左文字发出一声鼻音,然后突然站起身来说道,"走吧!"

6

左文字迅速站起来,离开了咖啡厅。

史子也起身去追丈夫。她对左文字不做任何说明就突然行动感到不解。

她追过去时,左文字已经站在马路上伸手拦出租车了。

"这个人说不定也是个天才,至少他任性的时候和天才很像!"

史子苦笑着,和左文字一起坐上了出租车。

"去文京区的日本英才教育中心!"左文字对出租车司机说道。

"咱们又要去那里吗?"史子问道。

左文字的蓝色眼睛闪闪发光:

"你说得没错!"

"你是指那三个人有某种共同点这件事?"

"对,天才会有古怪的行为。这三个人的性格、行为都很偏激,而在这次事件中,这三个人却意外地沉着冷静。这很难让人不在意。我也想过嫌疑人会不会是其他的人。如果有人将这三个人聚集在一起的话,那就另当别论了!能让这三个人心悦诚服的人,肯定是个既有领导力,又有行动力的人!正是这个人,将他们聚集在一起!"

"但是,在那些毕业生的卡片里,除了这三个人外,没有人遭受过挫折啊!他们大都是活跃在社会各个领域里的精英!"

"你说得没错!他们的领导者不是一个遭受过挫折的人,却是个心灵扭曲的人!这种人非常适合担任这起绑架案的组织者!"

他们来到英才教育中心,柳沼理事接待了他们。

柳沼今天的表情异常严肃。很明显,他已经看过今天的晚报了。他知道左文字夫妇来这里的目的。

"你们是不是认为,在U大学接受过教育的天才里,有这起恐怖绑架案的嫌疑人?"柳沼严肃地问左文字。

左文字顿时语塞,现在他掌握的线索全都是推测,他甚至没有对矢部警部说过此事。

"我只是觉得可能会有。"左文字说道。

这种暧昧的讲话方式,在柳沼理事看来就像是在说:"U大学的毕业生全都是好人。"

"你的心情我们理解,我们也很谨慎。在没有证据的情况下,我们是不会随便指控别人的!对了,你曾经说过,因杀人罪服刑的牧野英公,在一位优秀的律师的帮助下,只判了八年徒刑,是吗?"

"是的,幸亏有野上君的帮助!"

"这样啊,那位律师姓野上啊!"

"他虽然很年轻,却是个相当优秀的律师!"

"他也是U大特别班的毕业生吗?"

"是的,他是第九届的毕业生!"

"我从医院的事务长那里听说串田顺一郎因活体实验而被医院调查,难道他也是在野上律师的帮助下前往K岛的?"

"这个嘛,或许是吧。野上虽然年轻,却是个乐于助人的律师!"

"双叶卓江进过精神病院。出院时,她需要有一个担保人担保她出院,对吗?她的担保人也是野上律师吗?"

"好像是,我不太确定。他也是这家中心的顾问律师。"

"我在哪里可以找到他呢?"

"他的事务所在银座的 K 大厦,你去那里应该就可以找到他。不过他很忙,去之前,你要不要先给他打个电话?"

"不,我们现在就过去!"

7

银座 K 大厦的门口挂着许多事务所的招牌,其中就有"野上律师事务所"的招牌。

左文字和史子走进电梯。

"终于要与敌人的头目面对面了!"

史子的脸颊变得通红。

"真可爱!"

"什么?"

"你一兴奋,眼睛就闪闪发亮,非常可爱!"

左文字想缓和一下紧张的气氛,故意开起了玩笑。

他们来到位于八楼的律师事务所。

"这里比咱们的侦探事务所气派多了!"左文字说着,打开门走了进去。

律师事务所的前台坐着一位年轻漂亮的女接待员,她微笑着跟左文字和史子打招呼。

"我想见一下野上先生!"左文字一边往屋里看,一边对前台的女接待员说道。

此时的律师事务所里有三名年轻的律师正在忙碌地工作着。他们中,有人在大声地打电话,有人在与客人谈话,工作氛围似乎很不错。

"您有预约吗?"

"没有。我是特意从纽约赶来的,请务必让我见一见野上律师!"左文字故意用英语说道。

这时,他那双蓝眼睛也发挥了作用。只要遇到麻烦的事情,左文字就会使用英语。在日本这样做,无论多么麻烦的事情,都能顺利地进行下去。

女接待员露出困惑的神情,走进里屋。果然,不一会儿,她回来对左文字和史子说:

"请移步至最里面的房间!"

左文字和史子打开最里面的房间的房门,走了进去。

宽敞的房间里摆放着一张大桌子,桌子的后面坐着一个四十五六岁的瘦削的男人。

左文字一走进房间,就想起了美国公司的高级行政办公室,而坐在桌子后面的那个男人的气质也很适合这个房间。

"我是野上知也。"

男人从椅子上站起来,伸出手来。

左文字轻轻地握了握他的手:

"你的律师事务所很有朝气嘛!"

"年轻人都很能干,我什么事都不用做,坐在这张椅子上就行了!"野上微笑道,"你是美国人吧?这位是你的夫人吧?"

"她是我的夫人!"

"也是秘书!"史子补充道。

"真令人敬慕!大驾光临,有何贵干?"

"我在纽约研究的是英才教育。我想借来日本的机会,调研一下日本的英才教育。前些日子,我拜访过位于文京区的日本英才教育中心。"

"原来如此!"

"我了解到,日本的U大学把智商在一百四以上的人聚集起来进行特别教育。听说野上先生也是U大学特别班的毕业生,是吗?"

"是的,不过,像我这样的人,长大后就与普通人无异,对你的英才教育研究起不到丝毫作用!"

野上的声音始终很平静,嘴角还浮现出了微笑。

史子回忆着录音带中那几个嫌疑人的声音,将其与眼前这个男人的声音进行对比,但是她没有找到任何相似之处。

"我的研究课题之一,就是天才在遭遇挫折时的反应。"左文字一边说,一边观察野上的表情。

"哦,听起来很有意思!"

"天才往往比普通人更加自信,稍有挫折,他们就会对伤害他们的人予以无情的反击,其结果就是攻击社会及他人!"

"你得出结论了吗?"

"应该说,我很快就会得出结论。他们渐渐地生出了复仇心,有了只适用于自己的理论,例如,为达目的,做事不择手段。他们为什么允许自己这么做呢?因为他们知道自己是天才,这就是他们的理论依据。当然,他们的手段中也包括杀人!"

"在美国也有这样的事例吗?"

"莎朗·塔特事件[1]就是典型的例子。我不知道日本有没有这样的事例,于是便前往英才教育中心进行调查,寻找在U大学接受过英才教育并且遭受过挫折的人。"

"你有什么发现吗?"

"有。我发现了三个特别的人:杀过人并进过监狱的牧野英公,因做活体实验而被赶出综合医院的串田顺一郎,进过精神病医院的双叶卓江。听说野上先生认识这三个人,所以我今天特地前来拜访!"

"你是听谁说的?"

野上看着窗外的银座夜景。

"英才教育中心的柳沼理事。"

"真是让人为难啊!"野上苦笑道。

---

[1] 莎朗·塔特(Sharon Tate,一九四三年至一九六九年),美国著名女演员,著名导演罗曼·波兰斯基的前妻。一九六九年被美国邪教组织"曼森家族"残忍杀害。

"为难？你不认识这三个人吗？"

"也不能说不认识。牧野君犯下杀人罪时，我刚当上律师。我是他的辩护律师，给他辩护的事我现在还记得。但是他现在的情况，我一无所知！"

"串田医生呢？"

"我知道他是因为在城北医院出了事才去K岛的，仅此而已。他没有被起诉，也没有请过律师。"

"双叶卓江呢？"

"那我就不清楚了。就算我认识这三个人，又能怎样呢？"

野上的脸上露出了笑容，左文字却感觉到他这是在反击。这个男人显然并不相信左文字在美国研究英才教育。

左文字顿时进退两难。

是把自己的想法全部告诉对方再看对方的反应，还是装作什么都不知道呢？思考过后，他选择了前者。

毕竟他的对手是一个接受过日本英才教育的人。

既然他的表演已经被识破了，那么他不如立刻单刀直入，兴许会让对方惊慌失措。

"你看过今天的晚报吗？"

"当然看过了。"

野上笑了，他的笑声仿佛是在说：

"谈话终于进入正题了！"

在这种情况下，谁先下手谁就有优势。

"我知道你在想些什么！"野上的眼睛似乎在这样说。

左文字心想：这或许是他的诡计，毕竟他非常相信自己的才能。

"你知道那起匪夷所思的绑架案，是吗？"

"你可真会绕圈子呀！美国人说话不是都很直接吗？"野上讥讽道。

"那我就使用美国式的谈话方式吧！这起案件中的'蓝狮'，应该就是我刚才提到那三个人和另一个人，他们正在按照自己的理论报复社会！"

"这真是太有意思了！"

"你认为这很有意思？"

"是的。你确定那三个人就是嫌疑人吗？"

"是'三加一'个人！"

"这个'加一'是指什么？"

"那三个人或许真的都是智商一百四以上的天才。但从他们的经历来看，他们的情绪都相当不稳定。就算他们有非常好的想法，他们也无法协同工作，他们需要一个领导者把他们组织起来，这就是我说的'三加一'！"

"你不会认为我就是那个领导者吧？"

"既然你想使用美国式的谈话方式，那我只能直言不讳了，我认为你就是那个领导者！"

8

左文字注视着他,不知道他会有什么反应。他是笑着搪塞过去,还是假装生气呢?无论出现哪种反应,都是嫌疑人应该有的反应。

然而,野上既没有笑也没有发怒,而是认真地看着左文字:

"能告诉我,你为什么会得出这个结论吗?"

他就像是在对学术上的问题进行提问。面对这个出乎意料的问题,左文字显得有些狼狈。

"这三个人的年龄不同,从U大学毕业的时间也各不相同。被判刑八年的牧野英公不可能与其他两个人成为朋友,更不可能参与这个计划。如此一来,就必须有一条能够连接三个人的锁链,也就是认识这三个人的第四个人,同时,第四个人还得是一个冷静且做事有计划的人,于是,我便想到了你。你是牧野英公的辩护律师。尽管你可以否认这些,但在串田医生被赶出医院时,你帮过他。双叶卓江从精神病院出院时,你也为她做过担保。因此,你就是那条将这三个人连在一起的锁链!"

"不行,不太好!"

野上知也突然笑了起来。他的笑并不像是在虚张声势,而像是觉得左文字的推理很有趣。

左文字也笑起来:

"不太好?"

"是不太好。这样的论述在法庭上是绝对不会胜诉的!看样子,你们是在协助警方侦破这起案件吧?你们应该听过录音吧?"

"听过。"

"那些录音带里有我的声音吗?"

"没有。"史子小声对左文字说道。

野上似乎敏锐地听到了史子的话。

"那么,你们认为电话里嫌疑人的声音,会是那三个人的声音吗?虽然那三个人现在不知所踪,但是U大的毕业生里也有熟悉他们的同学。你们可以拿着录音带让熟悉他们的人去听听。如果声音对不上的话,那么你所说的话就毫无说服力了!"野上用教导的语气说道。

这时,前台的女接待员敲了敲门,走了进来,在野上耳边小声说了些什么。

"我需要处理一些急事。"野上说完便站起身来,对二人微笑道,"欢迎再次光临,跟你们谈话很愉快!"

"我们一定会再次拜访的!"

左文字笑着,和史子一起离开了野上律师事务所。

不知何时,外面下起了小雨。路灯照在漆黑的柏油路上,汽车像往常一样川流不息。人们在人行道上走着,他们的脚步比平时快许多,不知道是因为下雨,还是因为整个日本都被卷进了绑架案。

"你能慢一点儿走吗？"左文字说道。

春雨淋在身上使人感到莫名的温暖。

"可以。"史子点点头，与身材高大的左文字并肩走在小雨中。

"你在想些什么？"

"嗯……"

"那个野上律师是嫌疑人吗？"

"不知道，一见到他，我就觉得他像那个团伙的领导者，但是我还不能肯定。他说话时很冷静，这或许是因为他很自信，却显得不太自然。尤其是在谈到牧野英公、串田顺一郎、双叶卓江这三个人的时候，他太冷静了。这三个人是他的学弟、学妹。尤其是牧野，他曾是牧野的辩护律师啊！咱们说这三个人就是绑架案的嫌疑人，作为前辈的野上，应该为他们感到不安和揪心才对啊！他却很平静，一点儿都不慌，也没有因此感到不安，仿佛丝毫不在意自己听到的事，这就显得很不自然！"

"既然他有问题，以后只要我们抓住他的狐狸尾巴，不就行了吗？"

"问题就在尾巴上面。'蓝狮'的尾巴，你觉得会是什么呢？"

"声音。"

"没错，就是声音！在一般的绑架案中，警方请民众协助侦破案件的时候，才会在电视和广播中播放嫌疑人的声音。在这次录音中出现的声音却异常地尖厉，而且不论男女，都有这一明显的特点。还有,野上像是在怂恿我们,让我们把录音带里的声音与这三个人的声音进行比较。咱们确实不知道那三个人的行踪,可是,如果这三个人有朋友的话,只需要让其朋友听一下,就能确认这三个人的身份。即便如此,野上为什么那么有信心呢?"

"我能想到的可能有两种。"在雨中漫步的史子说道,"第一,即使能证明他们的声音与录音中的声音相似,警方也无法逮捕他们,他们可以躲藏起来。第二,电话是他们让别人帮忙打的。"

"应该不会是第二种可能。参与犯罪的人越多,被警察抓住的风险就越大。他们那么聪明,不可能不懂这个道理!"

"那么就是第一种,即使我们能证明他们的声音与录音中的声音相似,也很难找到那三个人。因此,他才那么自信!"

"也许吧。但我还是不明白野上为什么那么自信!"

"不过,还是先让那三个人的熟人听听录音带吧!这件事就交给我吧!"

史子在细雨中露出了甜美的笑容。

第七章 购买安全

1

怀着与警察不同的心情，在 M 银行江东分行工作的人也在密切关注着这起绑架案。

因为在他们的分行里，有用三神德太郎的名字开设的存款账户。

在账号为○七二九二八的账户里，现在存有七十六万五千二百日元的存款。

随着媒体的大肆报道，对这个账户是否会收到来自全国各地的汇款这件事，银行内部的人意见并不统一。

全日本的媒体都在对这起绑架案大肆渲染，哪家媒体都不想落后于同行。有些杂志甚至做起了特刊。歌手石崎由纪子和电视明星加地邦也二人死于客机坠毁事故的事，更是被娱乐杂志和女性杂志争相报道。

某著名制片公司的总经理就发表过这样的文章：

本公司现有三十名艺人和八十三名职员。我们打算立刻为他们购买徽章。如果五千日元就能买到安全,那么这个价格真是太便宜了!因为本公司每天拿一二百万日元片酬的演员实在是太多了!我们怎么样来看"蓝狮"呢?他们确实是坏人,不仅绑架了一亿多人,还要求人们都向他们支付赎金,他们的胃口实在是太大了!到了关键时刻,我才发现警察是靠不住的!在这起离奇的案件中,警察的表现真是太让人失望了!

刊登此事的报纸发出的第二天,人们就开始疯狂地给三神德太郎的账户汇款。

　　上午　八十二次　　一百九十六万日元
　　下午　三百零六次　七百二十万日元

此外,人们也纷纷给这家银行打电话,询问三神德太郎的住址。他们打算直接给三神德太郎邮寄现金,以此来购买徽章。

银行也不断给三神德太朗打电话,因为银行职员要告诉他汇款者的姓名和汇款金额。银行方面原本想用电话联系他,但是那样电话就会总是占线,别人没法儿打进来,所以银行的人便将汇款者的姓名和住址制成表格,交给三神德太郎。

第二天,账户里的金额更多了。

报纸和电视台也详细地报道了每天的汇款情况。

  上午 七百九十六次 一千六百五十万日元

  下午 一千三百二十五次 两千两百四十九万日元

夹着现金寄给三神德太郎的信件统计如下:

  上午 二百零五封 三百九十万日元

  下午 四百六十二封 一千一百二十四万日元

还有无数夹着现金的信件向三神德太郎涌来。

2

在报纸公开报道绑架案的第二天,矢部急忙乘坐飞机从福冈飞回东京。

他在福冈一无所获。他既没有找到那个送炸弹的可疑女人,也没有找到嫌疑人购买或盗窃雷管的线索。当然,为了继续进行调查,矢部将两名部下留在福冈。刚走出东京国际机场,矢部就露出极不痛快的表情。

嫌疑人公开全部录音内容这件事，完全超出了矢部的预料。

不仅是绑架案，大部分案件的嫌疑人都会掩饰其罪行。

在大多数绑架案中，嫌疑人尤其讨厌警方介入调查。他们通常会威胁人质的家属："如果你们敢报警，我就会杀掉人质！"

而这次的绑架案却很特别，嫌疑人竟将绑架勒索的全部过程和盘托出，这是矢部始料未及的。

矢部受到打击，心中燃起一股无处发泄的怒火。

他回到特别搜查部，部下们也没有精神来迎接他。

"部长被叫到首相官邸去了！"井上刑警说道。他的近视镜片后面是沮丧的眼神。

"他被叫到首相官邸去了？"

"是的，听说首相被激怒了。嫌疑人把所有的录音全都交给了报社，因此首相打算用私人费用收买对方却失败的事也公之于众了。这对我们来说倒没什么，但是对首相来说却是极大的耻辱！"

"报纸上提到的那个三神德太郎，你们调查过了吗？"

看到向来温厚的矢部用粗鲁的语调大声地责问大家，所有人都害怕起来。

"调查过了！"

"结果呢？"

"他是一个非常普通的经营街道工厂的老人，平时和他的妻子一起生活。三神德太郎六十五岁，他的妻子文代五十八岁。"

"这对老夫妇真的在卖徽章吗?"

"把钱寄过去的人都收到了徽章,就是这种徽章!"

井上从口袋里掏出一枚直径约八厘米、用厚布包裹着的圆形徽章,放到矢部面前。

在圆形徽章的中间,写着"安全·和平"的字样。

"这是事先做好的吗?"

"嗯,据说做了大约五万多枚,都存放在仓库里。他们现在还在雇人,说是要增加产量!"

"但是,为什么事先会有五万枚徽章的存货呢?"

"三神德太郎说,这种徽章是三个月前为了祈求交通安全与生活和平而制作的。徽章上涂有夜光涂料,即使到了晚上,也可以看清上面的字。这种徽章既可以佩戴在胸前,也可以贴在车上。当时,他制作了五万枚,可是一枚也没有卖出去。这毕竟是老人制作的东西,款式太老旧。现在的商品,款式比实用性更为重要!"

"这也是三神德太郎说的吗?"

"不,是我个人的想法!"

"你的想法不重要!三神德太郎和绑匪到底是什么关系?"

"这一点目前还不太清楚。三神夫妇好像是两个老好人,很难想象他们会跟绑匪扯上关系!"

"他们应该有某种关系吧?要不然绑匪为什么指定使用三神夫妇的徽章呢?两位老人对此有什么看法吗?"

"他们也知道这件事。不过,老人说,据他的一位律师朋友说,这纯属商业贸易,即使每一枚徽章卖五千日元也没有关系。我也咨询过其他律师,律师说,只要那些付钱的人没有受到过三神夫妇的胁迫,这就属于正常的商业贸易!"

"我们还是先去见一见三神夫妇吧!"

矢部立刻站起身来,前往三神工厂所在地。

刚到向岛的三神工厂,矢部就看见沿路停满了媒体的汽车。

一位认识矢部的记者凑了过来。

"矢部先生……"

这位记者也佩戴着一枚徽章。在矢部看来,那枚徽章简直就是在嘲讽警察的无能。他忍住怒火问:

"这枚徽章是买来的吗?"

"是的。我可是很惜命的!"

"这玩意儿很适合你!它就像一个专门为幼儿制作的玩具!"矢部挖苦道。

矢部向工厂走去。

这一带虽然有不少工厂,但因为最近经济不太景气,大部分工厂都没有机器转动的声音,只有三神德太郎的工厂里传来机器转动的声音和工人的说话声。

谷木和棚桥两位刑警迎接矢部,他们见到了三神夫妇。就像井上刑警说的那样,三神夫妇个子不高,一看就是平民区小工厂的老板夫妇。三神德太郎是个面色红润的秃头老人,说话时经常用右手抚摸秃头,这大概是他的习惯吧。他看起来是个好人,但同时也是个固执的老人。

文代是个客气而低调的人,她为矢部端来了茶点。只要矢部不问她,她就不开口说话。

"你们看起来很忙啊!"矢部先开了口。

此时,记者们正从窗外向屋里窥视,相机的快门声嘈杂。有的记者甚至打开了紧闭的窗户,将麦克风伸了进来。谷木刑警起身锁上窗户,拉上窗帘。

"托您的福!"三神又用手摸了摸秃头说道,"说实话,连我自己也不知道这究竟是怎么一回事!我最近收到大量购买徽章的汇款,我只好请附近的邻居和学生帮忙寄送徽章,五万枚存货很快就会卖完的。现在,我们正在增加产量!"

"你知道徽章为什么卖得这么快吗?"

"当然知道!听说我被卷入了一起恐怖的绑架案里。我现在也提心吊胆,可既然东西能卖出去,那我也不能不卖,更何况我也没胁迫别人来买啊!我咨询过律师,律师说这样卖是没关系的,于是我便卖了。这样做不行吗?"

"不,我们是不会禁止你卖徽章的!"

"那就太好了!既然警察都这么说了,那我就放心了!"

"你们知道'蓝狮'吗?"

"不知道!我们老两口儿不懂这些社会上的事,只会制作徽章!"三神德太郎哈哈大笑起来。

矢部一边苦笑,一边说:

"他们让大家把钱转给你,买你的徽章,他们怎么知道你在制作徽章呢?徽章在三个月前做好的时候,不是一枚也没有卖出去吗?"

"是的,徽章一枚也没有卖出去。但是,当时有家杂志对徽章进行过报道。恐怕那些叫蓝什么的人,看过那篇报道吧!"

"那份杂志还有吗?"

"有!"

三神"喂"了一声,冲文代使了个眼色,老妇人便从壁橱里取出了一份杂志。

这是一家大出版社出版的《城市周刊》,里面有个叫"城市拾遗"的专栏,登载着一些猎奇的文章,如《奇怪的强盗》《五百万日元的集会》等。

在这些报道中,有一篇文章标题为《你想购买一枚会发光的徽章吗?》,其中谈到了街道工厂及徽章的事。

这则极其简短的报道是这样写的:

为了祈求交通安全和社会和平,街道工厂的老夫妇制作了能在夜里发光的徽章。您不妨买一枚,佩戴在胸前或是贴在车上吧!

老爷子并没有说谎。

矢部将杂志递给谷木。

也许"蓝狮"组织的成员读过这篇文章。但是,他们为什么要让人们用赎金购买这种徽章呢?

"您有孩子吗?"

"有一个独生子,不过两年前突然离家出走了!"

三神望了一眼书架上的相框,相框里有一张照片,那是一名二十岁左右的青年的照片。

"他多大年纪了?"

"他走的时候是二十二岁,现在已经二十四岁了!"

"你们年纪很大才有了这个孩子吧?"

"是的。我们结婚很晚,所以年纪很大才有了他。我们很溺爱他,现在看来,这样反倒对他不好!"

"他离家出走后还有消息吗?"

"完全没有!"

"这就是你们的儿子吧?"

矢部站起身,拿起照片,一张年轻的脸映入他的眼帘。

这个青年的眼睛和鼻子很像他的父亲。他是个相貌平平的青年。

"你的儿子叫什么名字?"

"一男,他是我们的第一个孩子。很遗憾,我们之后再也没生过孩子!"

"难道三神一男是'蓝狮'组织的成员?"

矢部怀着这样的想法看着这张照片,无论怎么看,照片上的这个人也不像是一个能制造这起绑架案的嫌疑人。不过,矢部也知道,人不可貌相。

"你儿子是从哪所学校毕业的?"

"是附近的一所高中。他高中毕业后就在家里帮忙,也在超市里打过工,但时间都不长。"

"他是个没耐心的人吗?"

"没错。他曾说过想开一家咖啡厅。如果我们的生意好,我会给他钱,让他开咖啡厅,但是那时候生意不太好,我拿不出钱。他也许因此感到不满,就这样突然离家出走了!"

"你们没有找过他吗?"

"当然找过!但是我们一直没有他的消息,也不知道他在什么地方,做了些什么!"

"听说你们前几天去旅行了?"

"是的,我们去温泉酒店玩了一个星期。我老伴儿平时太辛苦了!"

"你们住的是哪家酒店?"

"这个……"

三神从和服的袖子里掏出酒店的宣传册,递给矢部。

"我刚才还给他们写了感谢信,感谢他们给我们的照顾!"

"鸣海酒店?"

"它是一家日式酒店!"

"这本宣传册和你儿子的照片可以借给我吗?"

"可以,刑警们也很不容易啊!"

"是的!"

矢部苦笑着,把宣传册和照片递给棚桥刑警,接着,他又要求去看看工厂。

正如老者所言,工厂里充满生机。

工厂中约有一半人在生产徽章,另一半人在铺着凉席、摆着桌子的有木地板的房间里,打包准备派送出去的徽章。

打工的学生和主妇们大概有三十人。这些人按照信封上的地址和银行送来的表格上的地址,往空白信封上抄写收件人的姓名和地址,然后将徽章放入信封,在信封上贴好邮票。打包好的徽章只要达到一定数量,就会被送往邮局。他们的效率非常高。报刊的摄影师在拍照,电视台的摄像师在录像。

"一枚徽章的成本是多少?"矢部一边看着工人们的操作,一边问三神。

"按制作量的多少而定,一枚徽章的成本大约在二百日元到三百日元之间。"

"现在一枚徽章卖五千日元,你能赚不少嘛!"

"唉,世事就是这么离奇!徽章卖七百日元的时候,一枚也卖不出去!我当时想,干脆为福利事业做贡献吧!于是我就送出去一部分徽章,现在有些后悔了!"

"说起来,'蓝狮'也曾要求把五千亿日元的防卫预算转为福利预算……"矢部突然想到了此事。

3

警察决定彻查三神德太郎夫妇及其周围的人。

调查老夫妇在有温泉的鸣海酒店住了一个星期这件事,通常是可以打电话询问酒店或者拜托当地警察调查的,但是为了万无一失,特别搜查部派了两名刑警,专门调查此事。调查的结果如下:

关于三神夫妇

丈夫德太郎继承了其父的土地,他没有兄弟,小时候是孩子王。

高小毕业后,他又继承了家中的街道工厂——当时为塑料厂。

后来,他开了一家锅具制造厂。

他三十五岁结婚,不久便离婚,三年后与现在的妻子文代结婚。

附近的邻居说他很要强,很有人情味,并非坏人。

他没有前科。

他喜欢晨浴。虽然他的家中有浴室,但他还是经常和附近的朋友一起去澡堂晨浴。另外,他也爱下棋、种植花草。

妻子文代生于东京市浅草区。
她有一个姐姐和一个妹妹,姐妹都已结婚。德太郎是她的第一任丈夫。
据她的妹妹和朋友说,她的性格很温和,有极强的忍耐力。
她没有什么爱好,是典型的家庭主妇。
她没有前科。

夫妻俩的儿子一男毕业于S高中,他在三百二十名学生中,成绩排第二百七十六名。

他性格孤僻,可以称得上好友的同学好像不多。在他的朋友中,有个叫田口祐一的人,他现年二十四岁,住在向岛,从事蔬果销售。他说:

"该怎么说呢?一男有些优柔寡断,总给人一种阴郁的感觉,可能正因为这样,他才交不到朋友吧!他也没有女朋友。我跟他是发小儿。他为人很好,我并不讨厌他。或许是因为父母太溺爱他了,导致他做事没什么耐心。他离家出走的原因,我也不清楚,但是他想开咖啡厅倒是真的。他离家出走之后就再也没有跟我联系过。这起绑架案跟他有什么关系呢?那家伙可干不出那种事,这一点我敢担保!"

一男高中时代老师的证词与上述证词类似。他的老师说,他是个性格阴郁的学生,但是他也有善良的一面。因此,他的老师认为他不会参与犯罪活动。

关于《城市周刊》

三个月前的那篇介绍徽章的报道,是该杂志的A记者创作的。报道刊登之后,他没有收到过关于这则报道的电话和书信。现在,《城市周刊》的发行量在三十万到四十万之间,"城市拾遗"这个专栏颇受读者欢迎。那篇文章与绑架案有关,这也让A记者感到惊讶。

前往温泉酒店的两名刑警在调查完毕后,立刻回来了。

"你们调查到什么了?"

面对矢部的询问,年长的大桥刑警进行了汇报。

"三神德太郎夫妇在有温泉的鸣海酒店住了一个星期,从三月二十五日起到三月三十一日为止。他们于三月三十一日清晨离开酒店,返回东京。"

"酒店的人怎么说?"

"我们问过领班及其他服务员,他们说这对老夫妇看起来感情很好。两个人在酒店居住期间,既没有人来拜访他们,也没有人打电话找他们,三神夫妇也没有给别人打过电话。夫妇俩每天上午和下午会去河边散步。他们喜欢泡澡,一天要泡好几次温泉。酒店所有的人都这样说,应该不会有问题!"

"上午和下午,两个人都会外出吗?"

"是的。他们有时会向酒店的工作人员借钓竿,听说是到河边去钓鱼。"

"酒店的工作人员见过他们钓鱼吗?"

"没有。准确地说,是他们自己这样说的,没人见过他们带鱼回来。"

"那么在散步、钓鱼的时候,他们有没有可能去跟什么人见面?"

"有这个可能。难道他们是和'蓝狮'组织的成员见面吗?"

"没错!"

"但是,三神德太郎夫妇在温泉酒店度假期间,'蓝狮'组织的成员不是正在其他的地方进行活动吗?"

"但是不能因此就说他们与'蓝狮'没有关系。如果没有关系的话,'蓝狮'组织的成员为什么让大家把赎金交给三神德太郎呢?"

"那个离家出走的三神一男会不会是'蓝狮'组织的成员呢?"

"这也是有可能的。但是,了解三神一男的人都认为,他不可能参与这么大的案子!"

特别搜查部的内部出现了两种意见。

一种意见认为,三神夫妇和他们的儿子一男,在某种程度上与"蓝狮"有关。

另一种意见认为,这一家人与绑架案毫无关系。"蓝狮"那帮人,是通过三个月前出版的《城市周刊》知道了三神德太郎制作过五万枚"安全·和平"徽章,于是巧妙地利用这一点来收取赎金。

想知道三神德太郎的存款账户就更简单了,"蓝狮"组织的成员可以通过电话联系他,说想在他那里购买徽章。然后说想把货款汇到银行,那么三神德太郎就会很高兴地把开户银行和银行账户告诉对方。

嫌疑人可能是想让人们把赎金先汇给三神德太郎,赎金收集好之后,再从他手中将钱抢走。

4

矢部被松崎部长叫了过去。

"刚才渡边秘书官又来电话了,首相的情绪依然很低落!"

松崎把转椅坐得"吱吱"响,声音十分刺耳,这说明松崎部长现在十分焦虑。

矢部沉默不语。

松崎苦笑道:

"听说今天在国会上,在野党议员们也佩戴了那种徽章。和首相敌对的官员们冷嘲热讽地说:'托政府的福,现在不得不佩戴这种徽章了!'"

"这样啊……"

"案件调查的进展如何了?那个三神德太郎与'蓝狮'有关系吗?"

"现在大家的意见分为两种,但是,无论是哪种情况,等三神德太郎的账户收完钱,他们就会现身!"

"你是说我们要伺机而动,是吗?"

"是的,我在银行和三神德太郎的住处都安排了刑警,稍有动静,他们就会立即报告。还有,那些钱已经不能被转入瑞士、美国等国家的银行了,政府已经禁止五千美元以上的存款汇入外国银行了!"

"但是这还是要花费时间的!"

"没错!"

"你看看外面!"

部长站起身,把矢部叫到窗边。

"那对正在走路的母子都佩戴着那种徽章!"

"是的!"

"佩戴徽章的人不断增加,说明我们无能——至少世人是这样认为的!"

"也许吧!"

"我们只能等钱存到三神德太郎的账户后,等嫌疑人来取吗?你还不知道他们是些什么人吗?"凝视着窗外的松崎部长问矢部。

一个身着西服、佩戴着徽章的上班族模样的男人走了过去。

矢部坐到椅子上。

"从录音带的声音判断,'蓝狮'组织至少有三个男人和一个女人!"

"他们的领导者大概是第一盒录音带和第八盒录音带中,表达他们诉求的那个男人吧。"

"我也是这样认为的。作案期间,一个男人在札幌,一个女人在福冈,但我认为,他们现在应该都集中到东京了!"

"你凭什么这样判断?"

"凭直觉。他们回到东京,是为了商谈接下来的行动计划!"

"接下来的行动计划?"

"他们应该会根据交赎金的情况来计划下一步的行动。如果一切如他们所愿,他们就会静观三神德太郎的存款增加。报纸每天都会报道汇款的金额。"

"如果事实和他们想的不一样呢?"

"他们或许会实施小王冠行动计划!"

"是不是左文字提过的,类似当年美军进攻日本的计划?"

"是的!"

"那么,你认为他们的小王冠行动计划将会采取什么样的具体行动呢?"

"不知道。他们也许会继续袭击飞机,袭击轮船,袭击新干线,或者袭击会场之类的地方。对他们而言,只要能威胁一亿两千万人的安全就够了,选择哪一种方式制造恐怖气氛无所谓。从防守方的角度来看,没有比这更难防守的事了!"

"机场、新干线和轮渡都要进一步加强警备!"

"和以前相比,各个地方的安检工作都更加严格了。机场会进行严格检查,在某种程度上可以防范飞机爆炸坠毁事故。大型客轮即使发生了爆炸,应该也不会立刻沉没!"

"那么,现在的防范重点就是新干线了!"

"我也是这样想的!车站的工作人员是不可能逐一检查乘客的行李的。如果那样检查的话,肯定会引起极大的混乱。我们只能让乘警仔细检查列车内部,一旦发现可疑的行李,就对其进行检查。只要他们有所行动,我们这边也会采取相应的措施。尽管这样做依然存在很大的风险,但我还是期待这些措施有效!"

5

左文字在看晚报。

各大晚报几乎都登载了上班族、家庭主妇和孩子胸前佩戴那种徽章的照片。

有一家晚报还写了一篇题为《从北向南，徽章旋风！》的文章。

三神德太郎的账户收款已经突破两亿日元了！照这样下去，就会像某家报纸的评论员预测的那样，用不了一个星期，收款就能达到十亿日元！

三神制作所还在紧锣密鼓地生产徽章，其雇员从三十人增加到五十人，又增加到一百人，现在已经增加到二百人了。

史子无精打采。她找到了牧野英公、串田顺一郎以及双叶卓江这三个人的同学，让他们听了录音，但是没有一个人说录音中的声音和那三个人的声音相似。史子觉得这些人不像是为了保护昔日的同学而对她撒谎。

以录音中的声音来证明这三个人是嫌疑人的办法宣告失败。

"'蓝狮'组织的成员应该对现在的状况感到满意了吧？"左文字一边看着窗外暮色中的街景，一边自言自语。

"他们应该感到满意了，他们已经筹集到了两亿日元！"

"但是，他们要求的金额可是五千亿日元啊。就算一天累积一亿日元的话，那也要五千天才能完成，那可要花费十三年以上的时间。这些以天才自居的人，会满足于此吗？"

"如果得不到满足的话，他们是不是又要炸毁飞机或新干线来威胁首相了呢？"

"如果他们是一般的绑架犯，那么他们应该会这么做吧！"

"这句话是什么意思?"

"人类会屈服于强烈的恐惧,但是,这种恐惧一旦扩大,就会转化为愤怒。奴隶主在鞭打奴隶之后,给他们一点儿恩惠,他们就老实顺从,但是如果奴隶主一直鞭打奴隶,那么奴隶就会奋起反抗。他们拥有天才的头脑,肯定也懂这个心理学原理,尤其是那个野上律师!"

"那么,他们到底想干什么呢?"

"我正在从他们的立场出发,思考这个问题!"

"你在想让一亿两千万人快点儿交赎金的方法,是吗?"

"是的!"

左文字坐在摇椅上,望着窗外夜色中的街景。

霓虹灯开始闪烁,汽车的红色尾灯忽灭忽明。

望着夜色的左文字,回想起那四个人的脸:在卡片上见到的牧野英公、串田顺一郎、双叶卓江三个人的脸,以及在律师事务所见到的野上知也的脸。

现在,他们在想些什么呢?

"要不,咱们去跟踪那个野上律师吧!这样说不定就能知道他们接下来会有什么行动!"

"没用的,作为领导者,野上只会发出指令,不会有所行动。实施行动的是另外三个人。如果他通过电话下达指令,那么跟踪他也没有用!"

"那我们现在该怎么办呢?"

"我还在想。一亿两千万名人质中的儿童,没有交赎金的能力,他们应该是把成年人当作了能够交赎金的人质。这样一来,人质大约有七千万人。有什么方法能威胁这七千万人,让他们尽快交赎金呢?"

"要是再去炸毁飞机或者新干线,也许会适得其反吧?"

"'蓝狮'杀害大量人质会让人们感到恐惧,也会引起人们的愤怒和憎恨。那样的话,无论他们以后再杀害多少人,也不会得到他们想要的效果了!"

"他们还会在咖啡店的糖罐里放氰化钾吗?"

"他们的自尊心比别人强得多,已经用过的手段就不会再用了,因为他们的自尊心不允许他们那样做!"

"那么,你觉得他们接下来会做什么呢?只要知道这一点,我们就能采取应对措施了!"

史子说到这里,矢部警部突然走了进来,连门都没有敲。

他走进来,一屁股坐在沙发上。

"累死了!"矢部大声叹息道。

"这可不像平日以硬汉自称的你说出来的话啊!"左文字笑道。

"媒体和政要都在追问警方案件侦破的进度。警局要是也在三十六楼就好了!"

"是因为在这么高的地方就听不到外面杂乱的声音了吗?"

"这是原因之一。楼层高一点儿,就看不到窗外那些行人佩戴着的晦气的徽章了。一小时之前,我们被迫召开了记者招待会,那些记者全都佩戴着那种徽章!"

"你想喝点儿什么吗?"史子问道。

"我想要杯兑水的威士忌……不,还是给我一杯咖啡吧。黑咖啡就行。"矢部继续说道,"你们没有佩戴徽章吧?"

"没有,我们跟警察有交情嘛!"

左文字叼起一支烟,也递给矢部一支,随后将烟点燃。

"警方现在有嫌疑人的线索吗?"

"很遗憾,完全没有!警方对三神德太郎周围的人也彻底调查过,但一无所获!你那边调查得怎么样了?"

"嫌疑人的姓名都弄清楚了!"史子端来咖啡时得意地说道。

矢部"啊"了一声,睁大眼睛看看史子,然后又看看左文字。

"她说的是真的吗?"

"说弄清楚了也没错,不过我们目前调查的结果肯定没法儿让你满意,因此,我也就没告诉你!"

"总之,你先把嫌疑人的姓名告诉我吧!"

矢部把手中的咖啡放在一边,走近左文字。

左文字把连同野上律师在内的四个人的姓名写在纸上,递给矢部。

"这是这起案件的嫌疑人,他们的头目是辩护律师野上知也。"

"嗯。"矢部半信半疑地看着这几个名字。

"你有证据证明这四个人就是本案的嫌疑人吗？"

"没有。"

"你说什么？"

"我说没有！"

"那么他们的声音和录音带上的声音一样吗？"

"不，他们的朋友们已经听过录音了，都说不像。"

"你跟他们见过面、谈过话吗？"

"我们只和野上律师在银座的律师事务所见过面。其他三个人的住址，我们还没有查到。"

"这不等于什么都没查到吗？"矢部生气地说道。

"正因为如此，我才没告诉你嘛！我就知道我告诉你之后，你会发火！"

"你们手上到底有没有这四个人是这起案件嫌疑人的证据？"

"什么证据都没有，得到这些结论仅凭我的直觉。"

"唉……"矢部瘫在沙发上，轻轻地摇了摇头，"你们这些普通民众就是轻松！假如我们把这些东西拿到记者招待会上公布，警方肯定会惨遭舆论围攻的！"

"那你就干脆辞掉警察的工作，来当私家侦探吧！"左文字调侃道。

"不开玩笑了！我看他们还会采取行动。虽然新闻报道上说，三神德太郎的账户已经收到了两亿日元汇款，这个数字让人感到惊讶,但是我想'蓝狮'组织的成员应该不会满足于这点儿钱!"

"我们警方也是这么想的,但是他们还会做些什么呢?"

矢部的眼睛里满是疲惫。

第八章 小王冠行动

1

四月六日,星期二的东京站里,原定在十三点出发前往博多的"光九号"列车准时发车。

由于票价上涨,乘客的数量只有原先的七八成。

在得知客机爆炸案是"蓝狮"所为后,人们就猜测他们下一个袭击的目标很有可能是新干线,所以每趟列车上都安排了两名乘警,主要检查可疑行李。

"光九号"上也有两名乘警执勤。列车在通过小田原市之后,这两名乘警便开始巡视车厢。

他们一发现行李架上有可疑的无主行李,就开始检查行李并寻找其主人。乘务员也会配合他们的工作。

列车上的广播也再三提醒乘客:"如果您发现身边有可疑的行李,请迅速报告乘务员!"

提心吊胆的人们显得有些神经质。

列车是中午一点整发车的,因此自助餐车里挤满了人,也有很多乘客在座位上吃列车提供的盒饭。这样看来,车厢里倒是风平浪静。

列车预定在十五点零一分到达名古屋,停车两分钟,十五点零三分再发车。

列车从名古屋发车驶向目的地,两名乘警再次从车头和车尾,分头查起,因为嫌疑人很有可能在列车上放置好定时炸弹后,从名古屋下车。

检查完所有车厢,乘警并没有发现可疑的行李,厕所、盥洗间都没有发现定时炸弹。

"没有异常!"两名乘警向列车长报告道。

2

在新干线东京站的站台北端,矗立着一座六层高的白色建筑。这就是闻名世界的新干线综合指令所。

这里配备了先进的保安系统,总值高达四十亿日元,有近二百名专业人员在监控其运行。

铁轨上出现小石头等异物,列车会自动停车。发生自然灾害或列车内发生爆炸,列车也会自动停车。实际上,新干线还从未发生过爆炸事故。

此时,新干线综合指令所的工作人员全都紧张地注视着巨大的显示器。

显示器上显示着从东京站至博多站区间内的全部列车线路的运行情况。显示器前还有信号设备的控制器,工作人员可以通过它遥控全站的场所和信号机。

新干线综合指令所也接到了新干线或许会成为下一个袭击目标的警告。

记者招待会上,有人问:

"如果在新干线上发生炸弹爆炸事故怎么办?"

新干线的负责人回答道:

"新干线一旦发现危险情况,列车一定会立即停车,因此新干线是非常安全的!"

然而,现场的工作人员并不那么乐观。

如果发生爆炸,保安系统确实可以让正在行驶的列车自动停车,但是,谁也不知道爆炸之后会出现什么情况。

如果列车翻车或者燃烧起来的话,那么事故地点不同,事故造成的影响也会不同。如果列车是在田野上行驶的时候发生类似事故,那么救援人员倒是可以马上前来救援。然而,如果事故发生在隧道内,救援的难度就会增加,那将会是一场可怕的灾难!列车在西行的途中,要穿越许多隧道!

电话铃声突然响起。

"这里是新干线综合指令所。"一名叫安部的职员拿起电话。

"我们是'蓝狮'!"电话里传来一个男人的声音。

握住电话听筒的安部瞬间脸色煞白,心跳加速。为了让自己冷静下来,他故意问了一句:

"你是谁?"

电话那一边的男人发出尖厉的笑声。

"蓝狮!"

"蓝狮?你该不会是冒牌货吧?"

安部将音量很自然地提高,他的声音足以让附近的工作人员都听到他的话,大家纷纷看向他。

"是真的!"

"你有什么事?"

"现在,'光九号'行驶到哪里了?"

"'光九号'?"

安部看了一眼显示器。

"它刚刚通过岐阜羽岛站。那辆列车怎么了?"

"车上装有炸弹!"

"炸弹?"

这句话让指令所里的气氛顿时紧张起来。一名工作人员慌张地给行驶中的"光九号"打电话。

"你是在开玩笑吧?"脸色苍白的安部问道。

瞬间,这个在新干线综合指令所连续工作十五年之久的职员的脑海里浮现出新干线爆炸的画面,这画面又瞬间消失了。

"是真的。"男人很冷静地说道。

"你们有什么要求?你们想要什么?"

"我们没有任何要求!"

"什么?"

"我说我们没有任何要求!"

"那么,你们为什么要在新干线列车上放置炸弹?"

"你知道我们的事吗?"

"知道!你快告诉我,炸弹放在'光九号'的什么地方?"

"你先别紧张!你们大概正打算跟'光九号'取得联系吧?不,你们已经在联系了!"

男人似乎看到了指令所里的情况。

"我们可以用无线电话联系!"

"如果是这样的话,那就没问题了。你们还有三十分钟的时间。"

"炸弹在哪里?"

"你好好听着!我们绑架了全体日本国民,要求每个人交五千日元赎金,但是有很多蠢货舍不得交那五千日元!"

安部一边听着他的话,一边看了一眼自己的胸前。他还没有买那种徽章!

"所以……"对方十分冷静地说道,"我们感到很遗憾,因为很多人没有交赎金,所以我们只好再次杀害人质。我们决定在'光九号'上,实施安放炸弹的小王冠行动计划!"

在距离安部五米远的桌前,一名叫中西的职员正在联系"光九号"的列车长。

"对方自称是'蓝狮'组织的成员,这不像是一通恶作剧电话!"

"现在乘警和乘务员,正在对车厢进行排查!""光九号"的列车长高声回答。

"炸弹还没找到吗?"

"还没找到!我要不要停车,先让乘客们避难?"

"不,等一等!如果列车在停车时突然发生爆炸怎么办?"

安部拼命恳求对方:

"什么要求我们都答应!请告诉我,炸弹安放在什么地方?"

"你交赎金了吗?你的胸前佩戴着证明你付过钱了的徽章吗?"那个男人用开玩笑的语气说道。

"没有,我还没交赎金,不过,我很快就会交赎金并把徽章佩戴在胸前!请告诉我,炸弹藏在'光九号'的什么地方?"

"回到正题吧!你仔细听着,你要把这件事如实地转告给警察和媒体记者,明白吗?"

"明白!"

"因为交赎金的情况不太好,所以我们才迫不得已在'光九号'上放置了炸弹。然而,我们注意到,乘客中有胸前佩戴徽章的人。我们也说过,要保证交过赎金的人的安全,我们会遵守承诺!因此,我们决定立即停止爆炸行动。新干线综合指令所的人应该感谢那些佩戴徽章的人,对不对?"

"一定要感谢他们!那么,炸弹在哪里呢?"

"放在五号车厢的垃圾箱里。"

"在五号车厢里吗?"

"我还有一件事要告诉你,我们使用的是塑性炸药。这种炸药可以被塑造成任何形状。你记住这一点,仔细找一找吧!其定时装置是装有电雷管的小型闹钟。因为是电池闹钟,所以没有声音。只要把红线和蓝线同时切断,定时装置就会停止计时。知道这些,再蠢的人也能拆除炸弹。祝你们好运!"

男人平静地说完这些话,立刻挂断了电话。

"光九号"的两名乘警迅速跑到五号车厢的垃圾箱旁。

"先检查这里!"

较年长的乘警打开了垃圾箱。

垃圾箱里有许多空啤酒罐以及装盒饭的一次性饭盒。

"听说塑性炸药可以制成任意形状的炸弹!"较年轻的乘警一边说着,一边将里面的垃圾全都倒了出来。

突然,他的手停住了,脸色大变。

"是这个!"

他拿着空饭盒看着他的同事。

有两个饭盒叠在一起,乍一看,像是用绳子很自然地捆绑在一起,但是将它拿在手里,却能感觉到它很有分量!

"距离爆炸还有二十分钟!"他的声音在颤抖。

这两名乘警都抓住过扒手,但是处理炸弹,他们还是头一次。可他们现在又不得不对其进行处理。

他们小心翼翼地将空饭盒放到地上。

脸色煞白的列车长看着他们的背影。

较年轻的乘警用颤抖的手解开绳子,他发现两个饭盒是用电线绑在一起的。

"很有可能,一个饭盒里装着塑性炸药,另一个装着定时装置!"较年长的乘警说道。

连接两个饭盒的电线有两根,一根是红色的,一根是蓝色的,这两条线上还缠着胶带。

"嫌疑人说,同时切断红线和蓝线,定时装置就能停止!"列车长高声说道。

"但是,如果嫌疑人说谎,切断两根线后炸弹爆炸了怎么办?"较年轻的乘警吼道。

"那就不要切断红线和蓝线,把列车停到铁桥上,然后把炸弹扔进河里,怎么样?"较年长的乘警说道。

"列车已经驶过长良川了,前面没有大河了!不知道炸弹什么时候爆炸!如果不赶紧处理的话……"列车长插话道。

"还是要试一试!"较年轻的乘警说道。

"如果嫌疑人执意炸毁列车的话,就不会教咱们拆弹的方法了!"

较年长的乘警向列车长要来剪刀,对准两根电线。

列车长立刻闭上眼睛。

如果发生爆炸的话,他肯定会被炸飞,而且还是在时速二百公里的列车上。

剪刀发出"咔嚓"声。

什么事也没发生。

两名乘警脸色煞白,大口喘着粗气。

五十一岁的列车长也精疲力竭地瘫坐在地上。

"光九号"上的九百七十六名乘客得救了!不过,拯救他们的是乘警,是"蓝狮",还是"光九号"上那些佩戴徽章的乘客呢?

3

"光九号"一到京都车站,守候多时的京都警察就从乘警手上接过那个炸弹,迅速送往科研所。

经过科研所的调查,果然如"蓝狮"所说,这是一枚塑性炸药制作的炸弹。一旦发生爆炸,"光九号"列车就会脱轨翻车,造成大量人员伤亡!

当地警方立刻将这一情况报告给特别搜查部。

接到报告的矢部心想:果然是新干线!

"幸好他们中途改变了主意!"

矢部向松崎部长汇报案件调查的进展情况。松崎和上次一样,依旧坐在转椅上。

"看来得给佩戴徽章的乘客们发感谢信了!在'光九号'的垃圾箱里放炸弹的嫌疑人,应该是在名古屋下的车吧?"

"我们已经联系过岐阜当地的警察了,我们请他们搜查从'光九号'下车的乘客,不知道能否顺利查到嫌疑人的踪迹!也许嫌疑人没有出检票口,直接坐车返回东京了……"

"下一班列车应该是向西去的吧?"

"是的。因此,我对在名古屋的调查不抱希望!"

"能不能从定时装置上的闹钟以及塑性炸药查到嫌疑人的线索?"

"这……"

"你好像没什么信心啊!"

"我确实没什么信心!到目前为止,一直是那群绑匪占上风,我们的处境很被动!"

"你对左文字说的那四个人有什么想法?我认为他的想法很有意思——这是一群遭受挫折的年轻人策划的犯罪活动!"

"我也觉得挺有意思。虽然左文字没有指控那四个人的证据,但我还是让谷木刑警和青山刑警调查了他们!"

"结果呢?"

"现在还一无所获,什么证据都没找到!他们的声音与录音带中的声音不一样!"矢部苦笑着说道。

这时,一名年轻刑警抱着一叠晚报走了进来。

"报上刊登了今天的事!"年轻刑警说道。

松崎部长抽出一份报纸,将其展开。

报纸头版的两个标题非常醒目:《新干线危机解除!》《佩戴徽章的乘客使嫌疑人终止计划!》

巨大的文字和新干线的照片一起映入松崎的眼帘。

"是你召开记者招待会将这件事公布出去的吗?"松崎看着矢部。

"不是,大概是新干线综合指令所那边公布的吧!"矢部一边看着报纸,一边对部长说道。

4

表情复杂的左文字丢下晚报。

"干得可以啊!他们虽然是我们的敌人,他们的做法却很让人钦佩!"左文字笑着看向史子。

"这消息不是警方公布的吧?"史子看着报纸说道。

"警方肯定联系过各大报社,报社又跟新干线综合指令所核实过情况,只不过报纸上不会写出这些!"

"不过,幸亏乘客中有佩戴徽章的人,'蓝狮'才终止了炸毁列车的计划!如果塑性炸药制作的炸弹爆炸,我想肯定会有几百人死亡！"

"连你也这么想吗？"左文字无奈地耸了耸肩。

"我说得不对吗？"史子露出纳闷儿的表情。

"当然不对！谁也不知道那群乘客中有没有佩戴徽章的人，也许有，也许没有。'蓝狮'组织的成员说他们因乘客中有佩戴徽章的人而终止爆炸计划，明显是在撒谎！"

"你为什么会这样想？"

"因为他们没有收到想象中那么多的赎金，所以很焦躁。报纸上说他们收到了两亿日元，这和他们的预期相差很远。他们处心积虑地劫持一亿两千万日本国民，如果拿不到一两千亿日元，他们是不会善罢甘休的！这就是以天才自居的他们的弱点。他们缺乏自知之明，认为只要威胁了一部分人就等同于威胁了所有人，于是便有了他们所谓的小王冠行动！"

"但是，大规模杀人反而会激起人们的愤怒，而只杀了一两个人，能起到的威胁效果又十分有限！"

"没错！于是，他们想出了一个巧妙的办法。不，可能从实施那个奥林匹克作战计划时，他们就已经想好了这个计划。他们的领导者，那个叫野上的家伙，是个非常冷静的男人。也许他已经想好把存在三神德太郎账户里的钱弄到手的方法了！为了能够起到最大的威胁效果，他们就实施了这次虚假的行动！"

"虚假的行动？"

"对！他们根本就没打算炸毁新干线。他们先在车厢里放好塑性炸药制成的炸弹,然后将他们的计划告诉新干线综合指令所,他们终止计划的理由是为了保护那些佩戴徽章的乘客的安全。显而易见,这样做会起到怎样的效果呢?未佩戴徽章的人会感到害怕,交过赎金的人会觉得放心。就连你都说幸亏乘客中有佩戴徽章的人!"

"原来是这样!他们真是高明!这样一来,徽章的销量就会激增了吧?"

"应该是吧!"

"怎么了?"

"不,没什么,不过,现在主动权完全掌握在对方手里!"

"你还坚持认为那四个人就是'蓝狮'组织的成员吗?"

"对,我现在更加肯定了!"

"但是,我把录音放给他们的朋友们听,那些人都说,录音带里的声音和他们本人的声音不一样!"

"这件事我也想过。也许他们让别人拨打了勒索电话,但是那样做会导致他们的计划泄露,电话应该就是他们打的。然而,如你所说,他们的声音和电话里的声音不一样。我想说一些题外话。我有一位哥伦比亚大学的同窗,他参加过一个海底项目计划,而我曾去百慕大群岛拜访过这位朋友。"

"海底项目计划?那是不是在海底建房子并观察人类可以在那里生活多久的计划?"

"没错。他们在百慕大群岛水深六十米的宜居区进行试验。

那些房子建在海底,如果房子内部的压力与周围的水压不同,海水就会流进房子里,房子就会被水压破坏。研究人员将氦气、氮气和氧气混合制成一种混合气体,代替空气,注入房子里,试验人员就在这样的环境里生活。我的那位朋友就这样过了六天的海底生活,而我这个外行最感兴趣的却是那种混合气体产生的'唐老鸭效应'!"

"唐老鸭就是那个说话声音尖厉、听起来很奇怪的动漫人物吧?"

"没错。人吸入氦气后,说话声音会变得很尖厉。我用电话跟海底的朋友通过话,那时他的声音听起来就像唐老鸭。听说在常规压强之下也一样,人吸入氦气后,声音就会发生变化。美国学者把这叫唐老鸭效应。"

"那么,嫌疑人在打电话时也使用了氦气吗?"

"嫌疑人在小容器内装入氦气,吸入氦气后再拨打勒索电话。我想他们一定会制作这种装置。双叶卓江就是一个化学天才。她一定知道,人只要吸入一点儿氦气,就能改变声音!"

"可以将这种声音的录音复原为本人原来的声音吗?"

"在日本不行,但是美国有复原声音的装置!"

"那么……"

"我已经把录有嫌疑人声音的录音带寄给在美国的朋友了,他将声音复原后,会把结果寄给我们!"

5

三神德太郎账户的存款数额在迅速增加，现在已经比刚开始的时候增加了三四倍。三神制作所还在加班加点地制造徽章，工人的数量已经突破一千了。

街上到处都是佩戴着徽章的行人。以前佩戴徽章的人数量较少，大家都觉得那种徽章是懦弱的象征，所以佩戴者大都缩着肩膀走路。如今，佩戴徽章的人越来越多，他们也能挺直腰杆子走路了。佩戴印有"安全·和平"字样的徽章仿佛成了一种时尚。

某些大型服装公司甚至订购了大量徽章，打算将其缝制在衣服上出售。

有些年轻人，一次就买五六枚徽章，不仅将其佩戴在西服的领口，就连汽车上和挎包上也贴上了徽章。

有一个西方国家的驻日特派记者写了一篇叫《被徽章占领的日本》的报道发回本国。当然，写这篇报道的记者胸前也佩戴着徽章。

这种徽章泛滥的现象不只发生在东京，北到北海道，南至九州，到处可见印有"安全·和平"字样的徽章。能从这种徽章狂潮中逃离出来的，大概只有南边的小笠原群岛以及冲绳一带了。

媒体记者自然把矛头指向了警察。他们认为，满大街泛滥的徽章，体现了市民对无能警察的不信任。

当然，警察也并非只是吮吸着指头，看着这股徽章洪水袭来。

在矢部警部的指挥下,四十七名刑警拼命追捕嫌疑人。他们通过塑性炸药、嫌疑人使用过的雷管、嫌疑人在札幌使用的三十二毫米口径手枪、录音带等线索展开细致的调查,但是没有从中发现嫌疑人的蛛丝马迹。

"我想,之所以没有抓住嫌疑人,是因为有一些问题,咱们之前没有想透彻!"矢部对松崎部长说道,"比如说那个雷管,在客机坠毁事故中和这次的新干线事件中都使用过,他们至少用过两个。这次,我们得到了完整的雷管。现在我们已经查明,这种雷管是N火药厂生产的,但是该厂没有丢失过雷管,使用这种雷管的建筑工地也没有雷管被盗。"

"那么,嫌疑人到底是从哪里弄到雷管的呢?"

"海外!"

"海外?"

"对!N火药厂每年会向海外出口雷管和炸药,嫌疑人应该是从海外弄到这些东西的。这种塑性炸药在东南亚、中东等地区被频繁使用。嫌疑人的手枪应该也不是从日本国内的暴力社团那里弄到的,他们可能是从夏威夷和关岛等地购入手枪等物,然后将其偷偷带回日本!"

"但是,他们是怎么做到的呢?"

"携带手枪入境可能稍微有点儿麻烦,但塑性炸药和雷管可以轻而易举地带回来。塑性炸药呈白色黏土状,可以做成泥人的形状带回来。如果他们将其做成彩色泥人的话,在海关那边,应该不会遇到什么麻烦。还有雷管,那不过是个长三点五厘米、直径零点七五厘米的小东西,完全可以挂在项链上,轻松通过入境检查。最近不是就有年轻人把取出火药的子弹挂在胸前当成项链吊坠戴着吗?"

"但是,'海外'这个词儿所指的调查范围可不小啊!"

"是的。不过,N火药厂生产的雷管只出口泰国这一个国家。"

"你准备派谁去调查?"

"我想让井上去调查。他会说当地的语言,曾经去过一次菲律宾。"

"好。不过,你认为这样调查能找到嫌疑人吗?"

"不知道。但是,这样下去也不是办法啊!"

"没错。我们可以通过国际刑警组织请求泰国警方协助!"

6

左文字和史子打算再去一次位于银座的律师事务所,拜访野上知也。

他们从出租车上的车窗向外看去,路上的行人几乎都佩戴着那种徽章。

就连他们乘坐的出租车的司机,也在其制服上别着那种徽章。

"这徽章是公司统一采购的!"

司机是一个中年人,他一边开车,一边跟左文字和史子聊天儿。

"听说这种徽章原本就是祈求交通安全的徽章,所以很适合我们这些司机佩戴。话说回来,你们二位怎么没有佩戴呢?"

"我不喜欢这种款式!"

"你们坐我的车是很安全的!因为我的胸前佩戴着徽章,就连车身上也贴着徽章!"

"那可太好了!"

左文字和史子面面相觑。

"看来他们的小王冠行动计划成功了!"史子说道。

到达银座后,他们下了车,走进位于K楼的野上律师事务所,见到了野上。

"我们又来了!"左文字对野上说道。

"请坐!"野上请他们坐到椅子上。

"我随时欢迎你们!像你们这样的人,很让人开心!"野上微笑道。

左文字突然想起一句话,他虽然忘了是谁说的,却清楚地记得这句话:"天才无法忍受自己的周围没有赞赏者。"

左文字暗想:这个野上律师也是这样的吗?

左文字坚信眼前这个男人就是这起绑架案的头目。他认为自己的判断一定不会错!

野上可能信心十足地认为,无论警察怎样奔忙,也找不到他的犯罪证据。但在另一方面,他和另外三个同伙一定很想向别人炫耀:这起绑架案是他们制造的。

这既是天才的优点,也是弱点。

那八盒录音带、那些徽章,不都是他们强烈自我表现欲的体现吗?

他们一方面不想让别人发现自己的罪行,另一方面又想得到"这真是一起了不起的大案"这类的称赞。

所以,对左文字和史子的到来,野上发自内心地高兴。对他而言,左文字和史子绝对是自己的粉丝。

"我欢迎你们是不是显得有些不自然?"野上一边笑,一边看着左文字和史子。

左文字也笑着说:

"不,我们并不那么认为。我们一定会受到热烈欢迎的!"

"你为什么这么有信心?"野上饶有兴味地看着左文字。

左文字明知故问地说:

"这里可以吸烟吗?"

刚说完,他就点燃了一支七星牌的烟。

"你这么有信心的理由是什么?"野上又问了一次。

"因为那个案子有了新的进展!"

"我通过报纸已经知道了,但是这和我欢迎你们有什么关系呢？"

"我上次已经说过了，因为你就是这起案件的嫌疑人！"

"你可真有意思！"

"天才往往不善言辞。我记得你这么说过。"

"我也许说过吧。"

野上仍然笑着，但突然皱起眉头，好像是左文字把他激怒了。

"你说我是嫌疑人，那我为什么要欢迎你们呢？你真的觉得我是嫌疑人的话，不是应该对我敬而远之吗？"

"普通的嫌疑人大概会这样，但你和你的同伙都接受过英才教育，你们认为自己是天才。首先，你们有强烈的自信，认为自己的作案手法绝对不会有破绽。其次，你们认为自己的犯罪手段很高明，想得到人们的称赞。有这两个理由，我敢肯定你会欢迎我们！"

"听起来，这像是有些跑题的推理！"

"是吗？"

"我对这起案件也很感兴趣，但这并非因为我是嫌疑人。我是一名律师，对所有的离奇案件都很感兴趣！"

"你该不会是担心自己被嫌疑人杀害，所以才在胸前佩戴那枚徽章吧？"左文字看着野上胸前的徽章说道。

野上一边用手指摸着徽章一边说：

"我是很惜命的，所以才会佩戴徽章！"

"我不这样认为!"

"那你是怎样认为的?你认为我是嫌疑人,为了掩饰,才佩戴这种徽章?"

"不是这样的!"左文字摆了摆手。

"普通的嫌疑人,为了消除警察对自己的怀疑,会把自己伪装成被害者,但是他们的伪装大都很蹩脚,必定会露出破绽。你却不一样,你对自己的计划信心十足,认为没有伪装的必要。那枚徽章是被你当成胜利的标志而佩戴在胸前的!"

"我还以为你只是一个私家侦探,没想到你还是一个心理学家!"野上笑道。

"我在哥伦比亚大学学的是犯罪心理学,我最感兴趣的是天才的犯罪心理!"

"嗯,这似乎是个很有趣的专业!"

野上依旧顺着左文字的话说下去。正如左文字所想的那样,野上很喜欢谈论这起案件。也许在他看来,这种谈话本身就是对他们的称赞!

7

左文字慢慢地点燃第二支烟。

史子假装从手提包里掏出手帕,暗中按下放在包里的迷你录音机的开关。

"这起绑架案很明显是由天才制造的！"左文字用冷静的语气说道。

野上坐在沙发上，用手支撑着下巴，看着左文字。

"你为什么会这样想呢？说不定是一群笨家伙犯下的罪，只是碰巧得逞了而已！"

"不。普通的嫌疑人制造的绑架案，绑架的大多是有钱人的孩子或者名人，他们把人质掳走，监禁在隐蔽的地方，向其家属索要赎金。头脑稍微聪明些的嫌疑人，也可能会没有目标地绑架孩子，向孩子的父母索要赎金。把人掳走监禁起来的模式是不会变的。普通的犯罪者会认为绑架就是这样的模式。但是这次的绑架案和普通的绑架案截然不同，这种绑架模式是天才的构想。绑架一亿两千万日本国民，而且，只要对外宣布绑架，劫持就算完成了。只有天才才会有这样的想法！"左文字赞叹道。

野上笑着说：

"不要过度赞誉嫌疑人！"

"为什么？请你到外边去看一看，人们的胸前都佩戴着徽章，有些年轻人甚至在车上贴着两三枚徽章。新干线事件发生后，只要乘坐贴有徽章的汽车，乘客们就会感到安全，所以新干线、出租车公司都大量购买徽章，让员工们佩戴。现在佩戴那种徽章，已经成为一种风尚！这起案件的嫌疑人获得了绝对的胜利！"

"也可以这么说!"

"现在,不光是警察,全日本都在高度关注三神德太郎的银行账户,其存款汇入的速度简直太惊人了!"

"今天的报纸说,存款已经达到三百六十二亿日元了!"野上漫不经心地说道。

左文字也在早报上看到过这条新闻。新干线事件发生后,三神德太郎的存款额直线上升。报纸上说,估计到四月中旬,存款就能突破一千亿日元。

"听警察说,嫌疑人不知什么时候就会来取这笔赎金,那时便是逮捕他们的最佳机会!"左文字说道。

野上拿出烟斗,一边把玩,一边听左文字说话。

"真是从容不迫啊!"

"没错,他们确实是从容不迫。不过,对嫌疑人来说,他们最头痛的也是这个问题吧?我说得没错吧?"

"你这个问题我很难回答,我又不是嫌疑人!"

"那么就当你不是嫌疑人吧!作为辩护律师的你,会如何把三神德太郎名下的钱弄到手呢?"

"这个嘛……"

野上思考起来。

左文字认为,如果野上就是嫌疑人的头目,那么他会一直保持这种态度。嫌疑人一定是把一切都计划好之后才行动的。

"换成是我的话,我什么事也不做!"

"什么也不做？"

"嫌疑人要求将五千亿日元的防卫预算转作福利预算。三神德太郎曾表示,他想把筹集起来的巨款捐给福利事业。这样一来,嫌疑人的目标不就间接达成了吗？他们只需要站在远处看着这一切,就心满意足了。我觉得这样做很潇洒,很适合作为这起案件的结局。"

"不对,事情绝不会是这样！"左文字果断说道。

野上小声笑起来：

"你怎么知道不对？"

"因为嫌疑人根本不关心福利事业。真正关心福利事业的人,是不会在客机上放置塑性炸药并夺走将近两百人生命的！"

"不,要筹集几千亿日元的巨款,并将这笔钱用在不幸的人的身上,就不得不做出一些牺牲！"

"这种想法,只有天才能够想到吧！"

"他们的目标是筹集五千亿日元,如果将其用于福利事业,即使一人用一千万元,也可以让五万个不富裕的人受惠吧！所以,牺牲二百人也是没办法的事！总之,有很多的国民光指望政府出钱,自己却对福利事业一毛不拔。难道就不能让这些人为福利事业献出五千日元吗？"

左文字再次意识到,这的确是天才的理论,没有伦理道德观念的天才的理论。

"这仍然是错误的！"

"为什么？"

"如果他们真是那样想的话，从一开始就不该把赎金聚集在三神德太郎那样的老人那里，只要让人们将五千元汇给日本的福利事业团体即可。这样做就顺理成章多了。所以我认为，他们肯定想把筹集到的赎金据为己有，而且从一开始就制订好了这个计划！"

"可是，他们要怎样拿到赎金呢？报纸上说，三神德太郎和银行都被警察监视着。无论他们用什么方法取钱，都会被警察逮捕。他们总不能不顾被警察抓住的危险冲进银行取钱吧？左文字先生，如果你是嫌疑人，你会怎么做？"

野上用挑衅的眼神望着左文字。

左文字苦笑道：

"我不过是一个凡夫俗子，无法预测天才嫌疑人接下来的行动！"

"你过谦了！"

"我只是实话实说。其实，我今天来拜访你，就是想告诉你一件事。"

"什么事？"

"你有兴趣听吗？"

"有，我想听一听美国的职业私家侦探是怎样评价这起案件的。"

"我察觉到，这起案件是按照嫌疑人的计划进行的，所以警察才会被其牵着鼻子走,却连嫌疑人的影子也没看见!"

"你不是在协助警察办案吗?你说出这种话好吗?"野上笑着问道。

左文字摇了摇头。

"没关系,因为这是事实。聪明的嫌疑人当然也清楚这一点。我想,包括你在内,总共有四个嫌疑人。因为我们没有证据,所以拿你们没办法。嫌疑人应该很享受这种状态吧!"

"如此说来,是嫌疑人得到了最终的胜利?"

"是的。满大街的行人都佩戴着徽章,不仅是东京,整个日本都是如此。那些徽章就是嫌疑人胜利的标志,不过……"

左文字停顿了一下,微微一笑。

野上伸着脖子问:

"不过什么?"

"嫌疑人的计划越成功,他们就离毁灭越近!"

"为什么?为什么要将成功和毁灭联系在一起?"

"你很在意这个吗?"

"与其说是在意,不如说是感兴趣!"

"你很聪明,只要稍微思考一下,就会立刻明白!"左文字故意这样说道。

8

左文字和史子乘坐电梯下了楼,拦住一辆出租车。

"你那句话是什么意思?"汽车开动后,史子问左文字。

"什么?"

"你最后跟野上律师说的那句话是什么意思?你为什么说嫌疑人的计划越成功,他们就离毁灭越近?"

"你是说那句话啊!"

"你只是为了迷惑对方,实际上那句话没有其他意思,是吗?"

"不,不是的!我非常肯定,嫌疑人会得意地认为,佩戴徽章的人增多是他们成功的标志,实际上,那却是他们即将毁灭的标志!"

"为什么?"

"你思考一下就会明白!"

"如果连我都能想到,那些智商一百四以上的嫌疑人不是一下子就想到了吗?如果他们想到了,并且采取了相应的对策该怎么办?"

"他们想到了也没用!"左文字笑道。

他用一只手摸了摸鼻子,这是左文字得意时的习惯性动作。

"为什么没用呢?"

左文字又用一只手摸了摸鼻子。

"第一,他们陶醉在自己的聪明才智中。沉浸在胜利之中的他们,多半不会注意到自己脚下出现的巨大陷阱。在我说那些话时,野上脸色出现的变化就是最好的证明。第二,即使他们发现了,也无法躲开。从制订这个计划时起,他们的毁灭就已经注定了!"

"我还是不明白!嫌疑人为什么注定毁灭?是因为他们取赎金的时候,一定会被警察逮捕吗?"

"你为什么会这样想?"

"如果他们的失败从制订计划时起就注定了,那么不就是在他们收取赎金的时候被警察逮捕吗?对嫌疑人来说,绑架案中最困难的一步,就是收取赎金……"

"不过,我还没有弄清楚他们把三神德太郎账户上的巨款转到自己手上的方法。"

"那该怎么办呢?"

"没事,即使他们收取赎金成功,他们也会毁灭的!"

"你的意思是我们现在可以对他们置之不理,是吗?"

"差不多吧!不过,我可以加速他们的毁灭!"

"什么?我们要怎么做?"

"很遗憾,行动的时机还没有到,等时机来了,我自然会告诉你,到时候我还需要你帮忙呢!"

这次左文字没有摸鼻子,而是双眼直视前方。

第九章　新天地之梦

1

四月十五日下午,从降落在东京国际机场的日本航空公司(日航)飞机上走下来一个男人,与此同时,另一个男人坐上了泛美世界航空公司的飞机,准备出发。

从日航的飞机上走下来的那个男人,正是井上刑警。

矢部警部在国际航班的前厅迎接了井上刑警。

矢部拍着这位辗转泰国、菲律宾、中国香港后回来的井上刑警的肩膀说:

"辛苦了!咱们边喝茶边聊吧!"

矢部和井上并肩向机场内的咖啡厅走去。与此同时,一个中等身材、不胖不瘦的男人正在办理出国手续。

这个男人将护照交给工作人员,护照上的名字是三神一男。而且,他还持有巴西的永久居住证。

四月中旬是旅游旺季,机场有许多准备前往海外旅行的乘客,工作人员的脸上满是疲惫,他们机械地盖着出境的印章。

此刻,工作人员特别留意的,都是那些前往海外的激进派年轻人。他们的名单和照片都贴在墙上。除了照片上的人外,工作人员基本上不会特别留意一般的旅客。

停机坪上,经洛杉矶飞往里约热内卢的航班正在等待起飞。

三百七十名乘客,半数以上是日本人,其中还有要去度蜜月的年轻爱侣。

当波音客机在轰鸣中飞向天空时,在机场内的咖啡厅里,井上刑警正在向矢部汇报东南亚之行的收获。

"日本的建筑公司在曼谷从事着爆破旧建筑、建设新楼房的工作。目前,这项工作还在继续进行。这家建筑公司所使用的雷管就是N火药厂生产的。"

"还有呢?"

"我跟监督工地施工的日本人见过面,据他说,在一个月前,有几个雷管被偷了。他还以为是当地人偷的。因为他害怕与当地人发生摩擦,所以没跟当地警察说。"

"偷走雷管的,有没有可能是日本的游客?"

"雷管有可能是这起绑架案的嫌疑人偷走的。如你所说,把雷管当成项链吊坠挂在脖子上,是可以顺利通过海关的!"

"菲律宾的马尼拉和中国香港有什么情况?你在这两个地方有什么收获吗?"

"我在中国香港一无所获。在菲律宾的马尼拉,我向警察要来了极端分子使用的塑性炸药,这就是其中的一部分。我特意让他们将其拆开了。"

井上刑警从口袋里取出一个用手帕包裹着的小白泥块。矢部用手触摸时,觉得它像黏土一样柔软。

"马尼拉的警察说,这块炸药与塑性炸药相同,也就是说,极端分子与绑架案的嫌疑人使用的是同一种炸药!"

"也许嫌疑人通过某种渠道,与菲律宾的极端分子有接触,这才把塑性炸药弄到手!"

"他们多半是用美元将其买来的。极端分子再用这些美元,买更多的塑性炸药和武器!"

"因此,这起案件的嫌疑人所使用的武器,或许全都是在国外置办的。塑性炸药、手枪、雷管全都如此。因此,我们在日本国内怎么查也找不到证据!"

"接下来,我们该怎么办呢?"

"曼谷的雷管被偷,是不是一个月前发生的事?"

"是的。准确地说,发现雷管被偷的时间是三月十五日。雷管很有可能是在三月十四日被偷走的。"

"好,嫌疑人弄到塑性炸药也有可能就是在这个时候。至于手枪,我想他们是从关岛、夏威夷或者美国本土弄到的。也许有些麻烦,请将三月十四日到这起案件发生为止,从东南亚地区、美国回来的乘客全部调查一遍!"

"这样调查的人数可太多了。现在正流行去海外旅行,我乘坐的日航飞机里，几乎都是从曼谷、马尼拉回来的日本人！"

"没办法，全都查一遍吧！"矢部坚定地说道。

2

矢部想让特别搜查部的四十七名刑警，全都投入此次的调查活动中，但实际上，他的想法行不通。因为还要有人继续监视三神夫妇和M银行江东分行，特别搜查部也不能空着。

结果，二十名刑警跑到东京国际机场，向各航空公司要来了近一个月从海外旅行归国的乘客名单。

海外旅行乘客的调查不能只局限在从东京国际机场回国的人，也有很多人是经关西国际机场从东南亚地区回日本的，井上刑警乘坐的日航飞机，就是沿"曼谷——马尼拉——大阪——羽田"这条航线回来的。

于是矢部又请求大阪当地的警署给予协助，向关西国际机场要来了近一个月回国的日本人名单。

东京国际机场的名单最先被整理出来。要调查的人数比想象的还要多。即便把范围集中在从美国和东南亚地区回来的乘客身上，三月十四日以后回日本的游客人数也多达两千五百六十人。除去其中的未成年人，要调查的人数也超过了一千九百人。

刑警们逐个调查了名单上游客的住址,但是,并没有发现可疑的人。

警方根据札幌汽车维修工被杀案的时间,调查了男性乘客的不在场证明;根据全日空四一七航班发生爆炸的时间,调查了女性乘客的不在场证明;最后又针对"光九号"出现塑性炸药的时间,对所有乘客都进行了不在场证明的调查。

调查的结果是,几乎所有人都有不在场证明。名单调查了一大半,依旧没有嫌疑人浮出水面。

警方的调查对象也包括大阪当地的警署送来的关西国际机场名单上的乘客,关西国际机场名单上的乘客人数虽然比东京国际机场名单上的乘客少很多,但还是有近千人。

矢部坐在空荡荡的特别搜查部里,一张张地翻阅着厚厚的名单。在关西国际机场降落的乘客大都住在大阪以西,也有住在东京的。这些乘客大多是去大阪跟朋友见面,第二天便乘坐新干线返回东京了。

矢部想:还是得让当地的警察帮忙啊!

他一边想,一边翻阅着乘客名单。突然,他愣了一下。

"这是……"

一张纸上写有大约三十个人的姓名与住址,其中一个人的姓名引起了矢部的注意——牧野英公。

矢部觉得自己好像在哪里见过这个名字,但一时又想不起来在哪里见过了。

对了,他在左文字给他的那张字条上见过这个名字!

他松了一口气,总算回想起来了。

矢部慌忙从上衣口袋里掏出一张折叠起来的字条,上边是左文字写的字:

  野上知也

  牧野英公

  串田顺一郎

  双叶卓江

矢部两眼发光,专注地翻阅着乘客名单。

他虽然没有找到野上知也的名字,但是他找到了串田顺一郎和双叶卓江的名字。

  牧野英公——曼谷

  串田顺一郎——美国

  双叶卓江——马尼拉、棉兰老岛[1]

这是那三个人旅行的目的地。

傍晚时分,刑警们一无所获地回来了。矢部命令他们,从明

---

[1] 菲律宾南部的一个岛屿。

天起,着重调查名单上的这三个人。

3

这时,左文字也收到了朋友从哥伦比亚大学寄回来的录音带。这些录音带已经用美国研发的"氦声修正器"将嫌疑人的声音还原。

朋友还附上一封信,信上说:唐老鸭效应——声音在通过氦气时,速度要比在普通空气中快,其主要特征是能让发出的人声变得尖厉。为了修正这种声音,人们制作了各种声音修正的机器,试图将声音复原,但还没有制作出完全复原声音的机器,所以声音并不能完全复原。

尽管如此,矢部听到经过修复的录音带时,也觉得修复后的人声中的尖厉感几乎消失,变成了另外一个人的声音。

"太好了!"听到录音的时候,史子不禁欢呼起来,"这个声音听起来很像那个野上律师!"

"是的。其他三个人的声音应该也和咱们掌握的另外那三个人的声音相似!"

"我把这些修复后的录音带再拿去给那三个人的朋友听!"

此时的史子干劲儿十足,她拿起修复后的录音带,冲出了事务所。

左文字翻开报纸。

今天的报纸上，也登载了三神德太郎在 M 银行江东分行的账户金额。这个专栏就像股市专栏一样，每天都要对账户里变化的金额进行报道。但它与股市专栏不同的是，这里的金额没有下降，只有增长。

九百零六亿日元！看来不久就会突破一千亿日元了！五千日元一枚的徽章，竟然卖掉了一千八百一十二万枚！

用报道中的话来说，现在，三神制作所俨然已经成为一家大企业！

M 银行总行的高管还特意去问候了三神夫妇，有一家杂志还算了一下三神夫妇应该缴纳税款的金额。

这时，电话铃声响了。左文字放下报纸，拿起电话听筒。

"是我！"电话里传来矢部的声音。

"我想，你的预测也许是对的！"

"是哪一阵风给你吹来了这样的想法？"

"我们认为嫌疑人使用的手枪、塑性炸药和电子雷管，可能都是在国外置办的，于是我们调查了近一个月来前往海外旅行的游客名单，其中就有你提到过的四个名字中的三个名字，只有野上律师不在里面！"

"那真是太有意思了！那么，这三个人的住址你们都调查清楚了吗？"

"只有牧野英公住在东京，我已经派部下去调查了，但是他早就从那个地址搬走了。三月十五日,他回到了日本,三月二十日搬了家。"

"他搬到哪里去了?"

"不知道!他跟邻居几乎没有往来。据房东说,他不爱说话,性格古怪,即便在路上遇到了邻居,也从不跟人家打招呼!"

"他住的是公寓吗?"

"是的,是深大寺附近的一室一厅的公寓。我们对那套公寓进行过搜查,可是什么都没有发现!"

"为了继续执行计划,他一定是藏起来了!另外两个人呢?"

"串田顺一郎住在K岛。他应该是在K岛住的时候拿到护照的。双叶卓江住在福冈市,我们已经委托福冈当地的警察调查过了。现在这两个人好像都失踪了。很明显,串田顺一郎已经不住在K岛了!"

"为了执行计划,他们应该是全都转入地下活动了,只有发号施令的头目还留在地上!"

"他们的头目就是野上律师?"

"对,我可以再去见一见他,只是现在我们没有证据,什么都做不了!"

"我明白!另外那三个人,只要我们能抓住一个,就可以让他把一切都供出来!"

"日本的警察竟然能说出这么恐怖的话!"

"我真想狠狠地揍他们几拳!他们害得我们这些警察成天

被人视为废物!"

"再忍耐一下吧!"

"请你务必帮忙继续调查下去!啊,等一下!"

电话里的声音消失了,左文字拿着电话等了大约五分钟,电话里矢部的声音又出现了。

他的声音听起来异常激动。

"三神夫妇已经向巴西大使馆递交了巴西永久居住权申请!"

"巴西永久居住权申请?"

"是的。如果他们永远居住在国外的话,就可以没有限制地携带外币出国了!"

4

矢部迅速赶往向岛。

三神制作所里挤满了媒体的记者,简直就像当红明星召开记者招待会!

矢部赶到时,记者招待会已经开始了。

——请问你们是什么时候决定去巴西定居的?

——是三天前。

——这样的决定会不会有些突然？

——我们早就打算在巴西辽阔的土地上从事农业。很久以前，我就想从事农业种植。三天前，行踪不明的儿子一男给我们写了一封信，是从巴西寄来的，说他一直待在巴西。

——我们可以看看这封信吗？

——请！

妻子文代满心欢喜地把一封航空信交给了记者们。

——你们很想和儿子一同在巴西生活，是吗？

——是的。只要能和儿子住在一起，在哪里生活都可以，巴西也是我特别喜欢的国家！

——那么，巴西大使馆那边同意吗？

——我想他们会同意的。办理各种手续大概还需要花些时间吧！我给在圣保罗的儿子，汇去了五千美元，本想多寄一些，但因汇款有规定限额，只能汇五千美元。

——不过我们注意到，你们银行账户上的存款已接近一千亿日元。如果你们定居巴西，是否会把这笔钱全部带走？

——会。事实上，我们只是想在那里开一个牧场。当然，我们肯定会在缴完税款后出发。我们也跟巴西大使馆的工作人员谈过打算在巴西建牧场的想法。

——你们打算什么时候去巴西？

——我们还有许多准备工作要做，想等夏末秋初再去。如今我年过花甲，就算学不会巴西当地的语言，也要努力学习一些畜牧方面的知识啊！

——如果你们秋天出发，那么到那时候，存款也许会达到两三千亿日元，不，或许还要多！

——可能吧！不过由于税款很高，所以我们能带去巴西的钱最多也就是几百亿日元！

三神德太郎开心地笑了起来。

记者们采访完，便如潮水般退去了，矢部见到了三神夫妇。

矢部受到了打击，此事的发展完全出乎他的预料。他本以为嫌疑人会用某种他所不知道的手段，从这对老夫妇手中把钱抢走。

嫌疑人即使在瑞士银行开设账户，汇款额度也只有五千美元。所以，矢部估计他们只能用暴力手段抢走这笔钱。可是，三神夫妇说要定居巴西并经营牧场，如果巴西政府通过了他们的申请，那么日本警察就无权阻止他们乘坐飞机出境。况且，他们又说过会把税款全部缴清后再走，因此，如果警方不能证明三神夫妇是这起绑架案的嫌疑人的话，那么警方就什么事都做不了！

对矢部来说,唯一幸运的是,他们并不是现在就去巴西,而是夏末秋初去巴西。

他必须在此之前做些什么。

"这就是你儿子的信吗?"

矢部拿起盖有圣保罗邮戳的航空信。

爸爸、妈妈:

　　这封信写得很突然,或许会吓你们一跳。现在,我在巴西的圣保罗市。我从巴西政府那里拿到了永久居住权,所以我打算在这个国家一直生活下去。

　　爸爸和妈妈也来这个国家吧!这里不像日本那样拥挤,这里的人很有人情味,是个很适合生活的地方!

　　虽然我是一个不孝子,但是我想在这里为父母尽孝!

　　　　　　　　　　　　　　　写于圣保罗市
　　　　　　　　　　　　　　　三神一男

"这是你们儿子的笔迹吗?"矢部问老夫妇。

"嗯,是的,这是我儿子一男的笔迹!"母亲文代含着眼泪回答道。

"你们决定移居巴西的打算不会变了吗?"

"绝对不会变!"三神德太郎大声说道。

"终于能和儿子在一起生活了！我们一定要定居巴西！听说那里的日本人也不少,所以不用担心！"

"你不是说过要将那一大笔钱捐给福利事业吗?"矢部挖苦地说道。

三神德太郎完全没有意识到他在挖苦自己。

"那时我以为我们唯一的儿子一男已经死了。当我得知他现在在巴西生活时,我改变了主意。这大概就是亲情的牵绊吧！而且,我这也算是正当收入,会缴纳税款的。若按百分之七十五的税率计算,那么一千亿日元能留在手上的,只有二百五十亿日元。这些钱中的七百五十亿日元都会通过缴税的方式缴纳给国家,希望其中一部分能用于福利事业！"

"我再问你们一遍,你们和这起绑架案真的没有关系吗?你们知道嫌疑人是谁吗?"

"不知道,我们一点儿也不知道,没有跟你撒谎！"老人断然否认。

面对这对老夫妇,矢部觉得自己无计可施。

找了很久的独生子突然从巴西寄来一封信,说想跟父母一起住。为了他,老夫妇决定去巴西定居,这是理所当然的事！

律师说,M银行江东分行的巨额存款,属于正当的商业收入,只要三神缴纳税款,便能将这笔钱带往巴西,警方没有任何方法阻止他们！

负责监视三神夫妇的刑警也证实,没有可疑的人来找过这对老夫妇。

另外,矢部在明知违法的情况下,委托电信公司监听三神家的电话,并对其进行录音。矢部已经做好心理准备,如果事情败露,他就一个人承担起所有责任,向警视厅提交辞职申请!

因为这起案子实在是太棘手了,所以他不得不用监听这种非常手段进行调查。

然而,在三神家的电话往来中,并未出现过与案件有关的来电,大部分电话都是喜欢早上泡澡的朋友们之间的闲聊,再就是询问能否寄钱购买徽章的电话,警方没有对这种电话进行录音。

5

"什么也没有发现……当然,这只是表面现象!"矢部回到特别搜查部,懊恼地向部长松崎汇报道。

"那么,事实究竟是怎样的呢?"松崎平静地问道。

"我想,这一切从一开始都是按计划进行的!"

"离家出走的儿子突然从巴西寄来一封信……这件事也是按计划进行的?"

"是的!"

"请你详细说明一下!"

"三神德太郎和妻子文代是典型的日本平民,认识他们的人都说,老夫妇说话不喜欢拐弯抹角,慷慨大方,很有人情味,是经常吃亏的老好人。这样一对老夫妇,竟会满不在乎地卖那种徽章,并从中获利几百亿日元,这件事本身就很奇怪!这未免太不符合他们的身份和性格了吧?"

"虽说这是正当的商业交易,但是他们也赚了不少钱!"

"是的。可作为典型的平民区的老人,他们能做出这种事的理由只有一个,就是为了他们溺爱的独生子,不管是什么样的钱,老人都想赚到手。嫌疑人一定是利用了三神夫妇的亲情!"

"这么说,三神夫妇并非收到来自巴西的航空信后才知道儿子的消息,而是在此之前,就已经在什么地方见过儿子了?"

"对,如果多年杳无音信的儿子突然从圣保罗寄来一封信,他们不应该先去申请永久居住权,而应该先赶往圣保罗看儿子,这样不是更符合常理吗?即使不去看儿子,他们也应该先打个国际电话,与儿子一男通话,这才是人之常情啊!但是,在我们监听电话的过程中,并没有发现他们打过国际长途电话,也就是说,这对老夫妇早就知道儿子去了巴西!"

"难道他们在温泉见过面?"

"我想是这样的!就在他们在温泉度假外出散步的时候,他们见到了儿子!安排这件事的,一定是那几个嫌疑人!据左文字说,嫌疑人的头目叫野上知也,是个很有名的律师。大概是这个律师和三神一家建立了联系。那时,一男想在巴西定居,开一个牧场,他需要一大笔资金。为了儿子,老夫妇回到东京,在知道这笔钱是不义之财的情况下,参与了这个计划,疯狂敛财。他们打算将赚到的钱全部带到巴西去。当然,除了野上之外的其他三个嫌疑人也会定居巴西。因为他们都有不光彩的过去,所以与其待在日本,不如前往巴西生活!"

"他们可以用几百亿日元在巴西买个大牧场。但是作为这帮人的头目的野上律师,没必要逃往巴西吧?他在日本的事业不是很好吗?"

"是的。不过那些人也可以在里约热内卢附近给他买一个大别墅,这毕竟是他应得的。那里的土地很便宜,几亿日元就能买上一栋别墅。这样一来,野上律师可以每年去一两次巴西,享受他们的战果!"

"三神一男离家出走后,可能出了什么事,所以才认识了野上律师。野上听说一男的父亲制作了一大堆徽章却卖不出去的事之后,便策划起了这起荒唐的绑架案……"

"我觉得可能就是这样!"

"把三神夫妇作为重要证人传讯怎么样?"

"我也想这样做,但可能没什么用。老夫妇或许见过野上,但没有见过其他三个人。在这一点上,嫌疑人的一举一动都是相当谨慎的。而且,现在我们没有那对老夫妇参与此案的证据。对儿子不利的话,他们是绝对不会说的。他们是相当顽固的老人!"

"那么,我们只能眼睁睁地看着那对老夫妇携巨款逃到巴西去吗?另外那三个嫌疑人依然行踪不明吗?"

"离三神夫妇出国还有一段时间。至于另外那三个人的行踪,我们也一定会调查清楚的!"

"你打算怎么做?"

"如果我的猜测没错的话,嫌疑人很快就会去申请巴西的永久居住权,他们会在外务省和巴西驻日大使馆出现!"

"如果他们已经取得了永久居住权怎么办?"

6

调查很快就有了结果。

牧野英公已经取得了巴西的永久居住权。

他取得永久居住权的时间是三月十九日,即此案发生的几天前。也就是说,"蓝狮"组织的成员在很早之前就制订了这次绑架案的计划。在这起绑架案发生之前,牧野英公就已经拿到了巴西的永久居住权。

负责调查此事的谷木刑警疑惑地问矢部:

"这三个人为什么不一起申请巴西的永久居住权呢?"

"他们或许是认为,如果他们三个人一起去办理申请,他们三个是同伙的事就会暴露!"

矢部认为,除此之外再没有其他的可能。

三天后,前往外务省领取巴西永久居住权申请表的串田顺一郎被逮捕了。不,说他被警方逮捕并不准确,因为警方没有证据证明他就是"蓝狮"组织的成员,所以他是以协助调查的名义被警方带走的。

矢部抑制住内心的兴奋,去见了这个或许是嫌疑人之一的男人。

这是一个瘦高的男人,额头很宽,鼻子很高。

他坐在椅子上无所畏惧的样子,给人一种傲慢的感觉。他挺着胸脯看着矢部。

"我最近只是想移居海外,不知道这犯了什么法?"串田讽刺地说道。

"你为什么要移居巴西?"矢部客气地问道,毕竟现在警方还没有证据证明串田就是本案的嫌疑人。

"理由很简单,我在日本待腻了!"

"听说你在城北医院外科工作时,因做人体实验而被辞退了?"

"准确地说,那不是人体实验!"

"那是什么?"

"那可以称为推动医学进步的实验。因为我讨厌日本将其作为错事进行道德批判的传统思维,所以想去巴西广阔的大地上生活!日本虽然养育了我,但是这个国家和住在这里的人都太狭隘了!"

"牧野英公、双叶卓江、野上知也,这三个人你认识吗?"

"不认识!"

"这就奇怪了,你们可都是在U大学接受过英才教育的校友啊!"

"可能我和他们不是同一届的吧!其他年级的人,我都不认识!"

"那么,三神德太郎呢?"

"这个名字倒是听说过,"串田笑道,"他不就是那个现在已经赚了几百亿日元的卖徽章的老头儿吗?"

"你们是什么关系?"

"我和他什么关系也没有。不,因为我买过他的徽章,所以我和他应该属于买家和卖家的关系!"

串田一边开心地笑着,一边用手指轻轻弹了弹胸前的圆形徽章。

"你最近去美国旅行过吗?"

"嗯,不行吗?"

"你有没有偷偷地把手枪带回日本?"

"嗯……你是……"

"我是矢部警部!"

"矢部君,你什么证据都没有,就不应该说出这种话来!我要是有律师的话,一定会起诉你的!"

"那么,我就问一些其他的事!你护照上写的住址是K岛,对吧？"

"对。"

"离开K岛的村庄的诊所后，你去了哪里？你做了什么？"

"我在大阪市西成区的一家医院工作，那家医院叫齐田医院。如果你认为我在说谎，可以去那里问一下！"

"三月二十六日，你在哪里？"

"什么？三月二十六日？"

"就是自称'蓝狮'组织成员的嫌疑人在札幌枪杀无辜青年的日子！他们还声称自己杀害了人质！"

"也就是说，你觉得……"串田笑着说道，"你觉得我就是那个叫'蓝狮'的犯罪团伙中的成员？"

"不是吗？"

"当然不是！"

"那么，你能提供三月二十六日那天的不在场证明吗？"

"这个嘛……对了，齐田医院是政府指定的急救医院，那天，我应该是在值班，你可以去医院问一下！"

"谷木刑警……"

矢部叫来谷木刑警，将串田写有齐田医院电话的字条递给他。

"话说回来，串田先生，你怎么看这起绑架案呢？"矢部问道。

串田说了声"这个嘛"，然后仿佛很认真地想了想。

"我认为这是一件很有意思的事，这起案件的嫌疑人一定都是些很聪明的人!"

"是不是跟你一样,都是些智商一百四以上的人?"

"那我就不知道了,不过看你的样子……你们到现在还没抓到他们吧?"

就在串田装傻充愣发出笑声时,谷木刑警走过来,对矢部耳语道:

"我给齐田医院打过电话了,医院的负责人说,三月二十六日晚上,串田医师确实在值班。晚上十一点左右,他还在治疗因交通事故而送去医院的老人!"

7

串田顺一郎被释放了,警方没有证据,不能一直扣留他。

矢部认为,在札幌枪杀汽车维修工的嫌疑人应该就是牧野英公。因为这个计划是很早以前就制订好的,所以牧野最先取得了去巴西的永久居住权。

这样看来,牧野可能已经离开日本了。

为了进一步调查这件事,刑警们再次前往大阪,请求大阪当地的警察协助调查。

调查结果还没出来,双叶卓江又在申请巴西永久居住权时被警察带走了。她被带往特别搜查部。这次也是矢部负责审讯。

这是一个身材娇小、目光睿智且犀利的女人,她的身上缺乏那种女性所特有的温柔。

和串田一样,双叶卓江也直视着矢部,一副很自信的样子。

"你知道这次客机坠毁事故,死了一百九十六个人吗?"矢部凝视着卓江说道。

"嗯,知道。"

"有个叫'蓝狮'的组织派其成员在飞机上放置了塑性炸药!"

"这则新闻我在报纸上看过。"

"飞机从福冈机场起飞前,一个自称是歌手石崎由纪子歌迷的女人送给石崎由纪子一个蛋糕,而那颗炸弹就藏在蛋糕里,是这样的吗?"

"我知道你们为什么把我带到这里来了!你们觉得我就是那个自称石崎由纪子歌迷的人,是吗?"

"据目击者说,你和那个女人长得很像!"

"那么,就请那些目击者来跟我当面对质吧!"卓江挑衅地说道。

矢部知道让卓江与目击者当面对质是没用的。据目击者说,在福冈机场出现的嫌疑人穿着过时的衣服,梳着发髻,还戴着白色口罩。但眼前这个女人,穿着的是白色西服套装,戴着墨镜,留着短发,完全是另外一个人。

"你住在福冈,你在福冈做什么工作?"矢部换了一个问题。

"我是补习班的老师,怎么了?"

"没什么。你为什么要移居巴西?"

"因为日本已经没有什么值得我留恋的了。你们肯定也调查过我的情况了,我进过精神病院。我想离开日本,到自由辽阔的巴西居住,这不是很正常吗?"

"你戴着一条很有趣的项链。项链的吊坠是把钥匙吗?"

"对,这是一把什么锁都打不开的钥匙!"

"你在去东南亚地区旅行的时候,是不是把雷管当作项链的吊坠?"

"雷管?"

"对,塑性炸药的雷管!"

"我可是个女人,怎么可能把那种难看的东西当首饰呢?"

卓江发出笑声。

她大概是发现警方没有她犯罪的证据,才笑得这样得意的。

警方没有证据,不能拘留双叶卓江,问完话,只得将其释放。

不久,传来了一个坏消息。

牧野英公五天前已经从东京国际机场乘飞机飞往巴西。

第十章　狮子与陷阱

1

左文字凝视着窗外一望无际的夜色。

史子把从美国寄回来的录音带，重新拿给那三名嫌疑人的朋友听，果然不出左文字所料，录音带上三名嫌疑人的声音，的确与牧野英公、串田顺一郎、双叶卓江的声音相似。

虽然这样的结果增强了左文字的信心，但是仅凭声音相似，警方也不能逮捕三名嫌疑人。

"没有别的办法了吗？"史子焦急地说道，"咱们明知道这四个人就是'蓝狮'组织的成员，却什么事都做不了！牧野英公已经拿到巴西的永久居住权了。串田顺一郎和双叶卓江被警察审讯时，也没有露出破绽。他们的头目野上依旧悠闲地待在银座的律师事务所里。喂，你在听我说话吗？"

"嗯，我在听！"

"据今天的报道说，已经有三千万人购买了徽章！全日本约四分之一的人都佩戴上了那种可恶的徽章!"

"佩戴徽章的人数恐怕还会继续增加!"

"如果增加到一亿人的话,那么他们索要的五千亿日元的赎金不就凑齐了吗?"

"或许吧……"

"你这种事不关己的样子真让人讨厌!"

"我只是实话实说!"

"五千亿日元,扣除百分之七十五的税款,剩下的一千二百五十亿日元将被他们带到巴西去!面对这种状况,你就一点儿办法也没有吗?警方破不了案,咱们的侦探事务所不是也跟着丢人吗?你倒是想想办法啊!"

"没事的!"左文字回过头来微笑道。

"你为什么觉得没事?"

"我之前也说过,他们正在走向毁灭!"

"我不明白,他们现在不是正在一步步地走向成功吗?"

"乍一看是这样的,但是你回忆一下'光九号'事件……"

"那个事件只证明了那伙人相当聪明。他们成功地在人们脑海里植入了恐怖的想法——佩戴徽章的人很安全,而不佩戴徽章的人有可能被杀害。接着,徽章的销量便开始急剧增长!"

"这便是他们的致命伤!"

"我实在不明白!侦探先生,你能否说得明白一些?"

"他们最开始是以绑匪的身份出现的。用他们那奇怪的逻辑来说,绑架就是绑架,但是很快他们成了杀人犯。他们先是杀了两个人,接着又杀了一个人,之后又杀害了近两百人。到此为止,他们还可以说是安全的。但是,接下来,他们又逼迫人们购买能够保障人们生命安全的徽章!"

"这不是很成功吗?"

"但是,你好好想一想,杀人犯转眼间就变成了守护者!这伙人表示,他们能够保证购买了徽章的人的安全。通过'光九号'事件,他们向人们证实他们遵守了这个诺言。现在,已经有三千万人佩戴了徽章。史子,你知道这起案件,为什么会让人们觉得日本警察无能吗?因为二十万名警察,无法保护一亿两千万人。如今,这件事反噬到'蓝狮'的身上。他们只有四个人,不,由于牧野英公已经去了巴西,所以说他们只剩三个人。你想想看,三个人怎能保护三千万人?"

左文字向妻子眨了眨眼睛。

"话说回来,日本每天都会发生杀人案,杀人动机千差万别,那些杀人犯会对那些佩戴徽章的人格外关照吗?"

2

在山手线大久保车站附近的商业街外侧,有一家白石自行车店,店主叫白石一郎。

四月二十五日晚上,白石一家五口不知被什么人杀害了。

发现尸体的时间是第二天中午。住在隔壁的面包店老板见白石的自行车店一直没开门,觉得有些奇怪,便从后门往里看,发现了这起惨案。

八叠大的房间里,电视机一直开着。桌子旁,一家五口都倒在血泊之中。案发当晚,白石一家应该是在晚饭后看电视时被凶手袭击的。

白石一郎(三十五岁)

妻子　文枝(三十岁)

长女　由香(十一岁)

次女　早苗(八岁)

长子　昌一(六岁)

五个人的身上都有被刀砍过的痕迹。

令人感到奇怪的是,这五个人的胸前都佩戴着"安全·和平"的徽章。

听说这件事之后,左文字觉得自己期待已久的时刻终于来了。他带着史子,迅速赶往特别搜查部。

矢部听完左文字对案件的叙述后,冷淡地说:

"那起杀人案不在我的管辖范围之内,我想那多半是仇杀,嫌疑人很快就会被逮捕的！"

"你真是个从容不迫的男人啊！"左文字轻轻地叹了口气。

矢部则皱起眉头：

"从容不迫？那起绑架案让我受尽折磨！那些嫌疑人一旦定居巴西，我就要去写辞职信了！你觉得我从容不迫吗？"

"正因如此，我才说你从容不迫啊！千载难逢的破案机会来了，你却无动于衷！"

"什么千载难逢的破案机会？"

"就是大久保商业街发生的杀人案啊！"

"但是，我刚才已经说过了……"

"那被杀害的一家五口都佩戴了徽章！"

"我知道，但是这和绑架案没有关系啊！"

"警部先生，你怎么这么糊涂呢？你想想看，如果我们放出消息，说嫌疑人就是'蓝狮'，结果会怎么样？人们因为相信购买徽章就能得到安全保障，所以才会交那五千日元赎金。如果人们得知即使佩戴徽章也会被他们无情地杀掉，那么结果会怎样呢？人们都会跑到三神制作所去，要求退还买徽章花费的五千日元吧？这样一来，那超过一千亿日元的现金，很有可能顷刻间化为乌有！"

"啊！"矢部的眼睛一亮。

左文字笑着说：

"你总算明白了！还有，'蓝狮'组织的成员自诩为天才，他们心理扭曲,却有着比普通人更强的自尊心。他们承诺过保证人质的安全,可是这一家五口被害案传到他们耳中,他们的自尊心肯定会受到打击,他们肯定会因此事而坐立不安!"

"原来如此!这样一来,他们会有什么样的行动呢?"矢部探出身子,看着左文字。

"通常情况下,如果我是'蓝狮'组织的成员,我就会说,这不过是一起普通的杀人案,和'蓝狮'毫无关系。如果他们特地出来,亮出自己的不在场证明,那就等于承认自己是绑架案的嫌疑人!"

"不过,要是他们什么都不做该怎么办?"

史子插嘴道:

"如果这不是他们犯下的罪,那么杀害那家人的凶手迟早会被警察逮捕。这样一来,自然就能证明他们和这件事无关了!"

"因此,我们要尽可能地逼他们上套。矢部警部,这起绑架案是哪里负责的?"

"新宿警署,跟我同期入职的佐佐木警部是此案的负责人!"

"那就方便了!我们可以跟他谈谈吗?这可是个让'蓝狮'走向毁灭的好机会!"

"我知道了!那就试试看吧!"

3

矢部随即召开了调查会议，左文字也出席了会议。

这个叫佐佐木的警部看上去有些木讷，说话也很朴实，让人觉得他很可靠。

"从案发现场的情况来看，这起案件的起因极有可能是仇杀。房间里的二十六万日元现金并没有被盗走，屋内也没有被翻动过的痕迹。虽然没听说被害的白石一郎有仇家，但其妻子文枝曾经在酒吧工作过，是个很有男人缘儿的美女，有不少男人喜欢她。眼下，警方正顺着这条线索调查她与其他男人之间的关系。"

佐佐木警部对目前的情况做了说明。

"警方什么时候召开记者招待会？"左文字问道。

"记者招待会定在明天上午举行。记者们说想赶上晚报的截稿。"

"明天你也会像今天一样，说这是一起仇杀引发的惨案吗？"

"是的。我们已经锁定了三个嫌疑比较大的嫌疑人！"

"明天，我想请你们帮我们一个忙！"矢部对同期入职的佐佐木警部毫不见外地说道。

"你能不能对记者们说，这起案件可能是'蓝狮'那伙绑匪干的？"

"这样直截了当地说不太好吧？"左文字说道。

"为什么？"

"他们都是天才,这么简单的把戏,他们一下子就识破了！"

"那么,我们应该怎么做呢？"

"首先,我们应该说这是一起仇杀案,但要追加这句话——这家人平时对'蓝狮'很不满。他们曾给报纸的读者栏投稿,要求法院判绑匪们死刑,因此,也不能排除这起案件是'蓝狮'所为！"

"等一下！我怎么没有听说过白石一郎给报纸投过稿？"

"他写过,不过,那封信是我替他写的！"

左文字笑着拿出一周前的《中央新闻报》,递给佐佐木警部。矢部惊讶地把脸凑了过去。

请将绑架犯处以极刑

现在有股风潮,就是将那帮人视为英雄。这简直是骇人听闻！他们夺去了约两百人的宝贵生命！因为我也很珍惜生命,所以也佩戴了徽章。可每次看到徽章的时候,我都感到十分愤怒,觉得自己就是这帮杀人犯的帮凶！我希望警方能尽快抓住那些绑匪,将其处以极刑,然后把徽章扔到他们的脸上！

匿名者

"既然有三千万人佩戴了徽章,那么肯定会遇上这样的杀人案！想到这里,我就埋下了伏笔。但是我并不清楚被杀的是一个人还是一家人，所以我将信写得很暧昧，在任何情况下都可以使用！"

"你真是个令人吃惊的男人！"矢部赞叹道。

"你跟《中央新闻报》的人商量过吗？"

"来这里之前，我拜托过他们，让报社协助我们抓捕犯人。他们认为这很有意义，就很痛快地答应了。"

"好，我明白了，那就试试看吧！"佐佐木警部认真地说道，"不过，我不擅长演戏，不知道能不能演好。"

"你与生俱来的淳朴气质是强大的武器！"矢部鼓励道。

4

第二天的晚报刊登了左文字预想中的报道。佐佐木警部对白石一家被杀的原因提出了两种可能，许多报纸全都集中火力报道最具价值的新闻——"蓝狮"杀人的可能。

《中央新闻报》头版的一则新闻中写道：

白石先生曾给本报写信，说应将"蓝狮"处以极刑，难道因此惹怒了绑匪？

报纸上还刊登了其他读者的言论：

怒气冲冲的人们都在说：如果佩戴了徽章也会被杀害，那么还是把五千日元退给我们吧！

各家报纸都表明了一个共同主题：即使佩戴安全徽章，也会被残忍杀害。

野上那一伙人能否发现这是警方的圈套呢？

左文字认为，即使他们发现这是一个圈套也没关系。即使他们明知这是圈套，也不会坐视不管。

正如他们为了自身利益，在全日本制造紧张空气一样。这次民众对他们的质疑，也会像滚雪球一样越滚越大。因为他们有着天才的自负，所以一定会采取相应的对策。

"陷阱已经设置好了！"左文字在联合会议上满意地说道。

"我们下一步该做些什么呢？"佐佐木抱着胳膊，看着左文字道，"我们不能什么事也不做！"

"的确，成立特别搜查部却不调查案件，人们会说警察是废物的！"矢部也看向左文字。

左文字笑着对佐佐木警部说：

"请把本案的嫌疑人抓起来！"

"把嫌疑人抓起来，绑匪还会中我们的圈套吗？"佐佐木问道。

"你不是说有三个可能性比较大的嫌疑人吗？"

"对,他们当中肯定有一个是真正的凶手!"

"那就请你们逮捕他!"

"然后怎么办呢?抓到了真正的凶手,不就证明白石一家被杀案与'蓝狮'没有关系了吗?这起案子不就结束了吗?"

"逮捕真正的凶手后,警方可以以证据不足为理由将其释放,然后再举行一次记者招待会!"

"接下来呢?"

"警方可以说,根据仇杀这条线索,警方通过调查逮捕了某人,但由于证据不足而将其释放。这就强调了白石一家是因为说'蓝狮'的坏话才被他们杀害的。他们号称绑架了一亿两千万人,为了恐吓人质,他们害死了坠毁客机上近两百名乘客,对他们来说,继续制造这种案件是轻而易举的事!"

"原来如此!我们这样做,他们一定会大发雷霆!面对这种情况,他们会如何处理呢?"

"我想他们能采取的手段只有一个,他们会亲自抓住真正的凶手,让其坦白杀害白石一家的事实,并将录音带寄给报社,以此来证明他们与此案无关!"

"不这样做的话,人们会要求退还赎金,是吧?"

"有这种可能,但最重要的问题是他们的自尊心。这些自诩为天才的家伙,明明做出了轰动整个日本的大事,却突然被认为出于私怨而干出了杀死一家五口的蠢事,他们的自尊心会因此受到伤害。所以,他们应该会亲自去逮捕凶手,让其坦白一切！"

"要是这个方法能成功就好了！"矢部说道。

5

第二天，"自行车店一家五口被杀案调查组"逮捕了在本案中嫌疑最大的嫌疑人——二十九岁的无业游民寺田浩二。

他有前科，是白石文枝工作过的"念珠"酒吧的常客，曾经追求过白石文枝。

文枝辞去酒吧的工作回归家庭之后，寺田也经常给她打电话，经常威胁白石一郎，要求他与文枝分手，扬言如果不分手就弄死他。

佐佐木警部怀着复杂的心情审讯了寺田。

在通常情况下，佐佐木希望寺田能坦白自己就是杀害白石一家的凶手。但是，为了侦破"蓝狮"制造的绑架案，他又希望寺田否认自己是凶手。这样，他就能以证据不足为由而释放他了。

寺田中等身材，年轻时曾在煤矿工作过，因此身体很强壮。他的目光中透着凶狠。

"怎么样？自行车店那一家五口是你杀的吗？"

"不是！我不可能做出那种无法无天的事！"寺田露出满口

的黄牙,大声否认道。

"这么说,你很善良?"

"我胆子很小,平时连苍蝇都不敢打!"

"听说五年前,你曾在争执中杀过人?"

"那是对方的问题,我属于正当防卫,所以只关了三年就放出来了!"

"后来,你认识了白石文枝?"

"是啊,她是个好女人!"

"在遭到她的拒绝后,你就把她和她的家人全都杀害了,是不是?"

"不要开玩笑了!我怎么可能杀害自己喜欢的女人?"

"那么,你没去过她家吗?"

"我给她打过电话,也去过她家!"寺田一脸不高兴地说道。

这时,一名部下走进来,在佐佐木的耳边小声地说:

"留在血泊中的指纹与寺田的指纹一致!"

佐佐木心想:这么说来,寺田就是凶手了!

如果在平时,他会把事实摆在对方面前,逼他招供,但是这次,他犹豫了。

很可惜,他还不能让寺田招供。

佐佐木警部苦笑了一下,他不能把指纹的事说出来。

"总之,那一家五口真的不是你杀的吗?"他又问了一遍相同的问题。

寺田依然否认：

"不是我,我没杀任何人!"

"好了,你先冷静一下吧!"

"你们要拘捕我吗?没有证据,警察是不能这样做的!"

"先拘留你二十四小时,没有证据的话,明天晚上你就可以走了!"

马上放了寺田,会使"蓝狮"组织的成员起疑。无论调查结果如何,即使手上有证据,也要释放这个家伙,这是必要的形式!

这天,寺田被拘留在新宿警署里。

6

第二天上午十点,佐佐木警部召开了这起案件的第二次记者招待会。

"我来说明一下到目前为止的调查情况。我们锁定了一个嫌疑人,目前正在对此人进行调查。警方怀疑他就是凶手,却没找到可以指控他的证据,现在这起案子很棘手!"

"警方这样如实地公布案件进展情况,真是罕见啊!"一个记者挖苦道。

"这个人是不是有前科的无业游民寺田浩二?"另一个记者

问道。

"随便你们怎么猜吧！我还有一件事想陈述一下：白石一家被害也许并非是仇杀,现在警方不能排除'蓝狮'的嫌疑!"

"但是,白石一家不是都佩戴徽章了吗？他们的安全应该有保障了啊!"

"按理说应该是这样的,但是,白石一家曾给《中央新闻报》写过信,要求官方严惩'蓝狮',这封信已经见报。'蓝狮'也许是为了以儆效尤而杀害了他们。这种可能性也很高！如果能够证明正在拘留中的嫌疑人无罪,那么我们就不得不将这起凶案视为'蓝狮'所为!"

"这种猜测可以写成报道刊登出来吗？"

"这是事实,可以发表!"

"但是,这或许会引起极大的混乱。即使佩戴徽章,只要不合'蓝狮'的心意,也会像白石一家那样惨遭杀害……"

"或许是这样的吧！这是事实,无法否认!"

下午,许多报社的晚报都刊登了佐佐木警部的访谈,其标题也令人触目惊心：

《自行车店店主一家惨遭杀害,是"蓝狮"以儆效尤吗？》

《安全徽章并不安全,连佩戴徽章的六岁孩子也被杀害!》

电视台在对此事的后续报道中说：

晚报出版后，有五六十名年轻人跑到三神制作所，将徽章摔在地上，要求退还五千日元。

"第一阶段总算过去了！"矢部警部对左文字说道。

他们此时正在特别搜查部里，矢部对左文字的计策还是有些半信半疑。

"事实会像你说的那样吗？他们会上钩吗？"

"会的，他们一定会出来自证清白的！你们打算什么时候释放寺田浩二？"

"下午五点！"

"你们打算扣留他二十四小时吗？"

"是的！"

"野上是辩护律师，他应该会预测出寺田浩二被释放的时间。"

"你觉得他会怎么做？"

"他应该会把寺田带到某个地方，让他坦白罪行并录音。这伙人非常喜欢录音。他们还会把自己的主张也录进去，再把录音带寄给报社。他们也很喜欢利用媒体。"

"还有五分钟了！"矢部看了看手表。

273

"寺田浩二的指纹与凶手留在犯罪现场的指纹完全一致。血泊中的桌子上、柱子上都有他的指纹,你知道这意味着什么吗?"

"他就是那个真凶?"

"对,我们竟然以证据不足为由,释放了一名真凶!"

"能钓到更大的猎物不是更好吗? 而且,寺田浩二也跑不掉!"

"如果'蓝狮'不露面,寺田又逃走了,佐佐木警部和我都会被开除的!"

"那你们就和我一起开侦探事务所吧! 你们当我的合伙人,尽管这份工作有点儿不稳定。"

就在左文字开玩笑的时候,一旁年轻的刑警说道:

"那家伙出来了!"

夜色还没有降临,外面的天还很亮。

寺田从新宿警署的正门走了出来。

他刚一出来,就伸了个懒腰。被拘留的人从警署出来,大都会伸个懒腰。

"你们跟踪他了吗?"左文字问道。

"有两名拿着无线对讲机的刑警在跟踪他,还有一台伪装过的巡逻车在待命!"

矢部通过窗口望着寺田,声音里带着怒气。左文字很清楚,他是在焦虑。

"他的公寓里也埋伏着刑警吗?"

"对,佐佐木警部已经安排好了!"

"寺田的身上有钱吗?"

"有两万一千六百日元!"

"那他也许不会回家。他应该会去歌舞伎町附近喝一杯!"

"咱们也跟上去吧!"矢部说着,与左文字一起并肩走出新宿警署。

"尊夫人去哪里了?"矢部看着寺田的背影问左文字。

"她去监视银座的野上律师事务所了!"

"你认为野上会行动?"

"不,他只是发号施令,不到万不得已不会出手,现在行动的还是他的手下。你们发现串田顺一郎和双叶卓江的行踪了吗?"

"没有,我们只知道他们还没有回大阪和福冈,不知道他们现在在哪里。没有指控他们的证据,警方是不能二十四小时监视他们的!"

被释放的寺田显得十分愉快,走起路来相当悠闲。

"可恶,他真是个没心没肺的家伙!"矢部不禁骂道。

忽然,一个五六岁的孩子跑到寺田身边,把一张字条递给他,然后跑掉了。

7

左文字条件反射地去追赶那个孩子。

在附近的公寓旁,他抓住了那个孩子。这个长着一双大眼睛的小男孩儿惊讶地看着左文字,大概是把他当成西方人了。

左文字对这个孩子笑道:

"刚才你把一张字条交给了那个男人,是吗?"

"嗯。"孩子点点头。

"你能告诉叔叔,是谁让你这样做的吗?"

左文字从口袋里掏出一枚一百日元的硬币,放在孩子的手上。

孩子打量着自己手上的一百日元硬币,思考片刻后对左文字说:

"我不能说,我已经拿过一百日元了!"

"那我就再给你一百日元吧!如果那个人不高兴的话,你就把他给你的硬币还给他!"

左文字又掏出一枚一百日元的硬币,放在孩子的手上。

"那好吧,"孩子说道,"是一个穿着白色喇叭裤的女人!"

"她的个子不太高,对吗?"

"对。"

"戴着墨镜?"

"嗯。"

"她只让你把字条交给那个人吗?"

"她还给了我一百日元!"

左文字想:没错,那个女人一定是双叶卓江!这一伙人果然开始行动了!

左文字回到矢部警部的身边。

"是双叶卓江!"

说罢,他望着走在前面的寺田。

天色逐渐变暗,美丽的霓虹灯闪烁起来,寺田加快脚步向热闹的歌舞伎町走去。

"那张字条上写了些什么呢?"矢部一边走,一边自言自语。

"他看过字条后有什么反应?"

"他突然环顾四周,然后加快了脚步!"

"也许是写字条的人警告他,他被跟踪了!"左文字说道。

"他们是怎么知道我们在跟踪寺田的?"矢部的脸色大变。

左文字笑道:

"他们可是智商一百四以上的天才啊!他们肯定猜到我们将寺田浩二当作诱饵来钓他们,也猜到我们在尾随他!"

"那么,他们是不是不会出现了?"

"不,他们一定会出现!即使知道这是我们设下的圈套,他们也会让寺田招供并录音,把录音带寄给媒体。他们必须向民众证明,白石一家的死与他们无关。既然他们绑架了一亿两千万人,那么这就是他们的宿命!"

"我不太明白,如果他们出现,当然再好不过。如果嫌疑人被逮捕了,会怎样呢?"

"什么?"

"一千五百亿日元呀!"

"徽章不起作用了,人们就会要求退还购买徽章的那五千日元,到时候,三神夫妇会身无分文!"

"然而,那可是正当的商业贸易呀!"

"如果三神夫妇还强词夺理的话,警察可以说他们是同案犯,这样他们就只能将徽章的钱退回去了。在我看来,如果三神夫妇没有带着赃款去巴西,他们的结局应该会好一些!"

这时,寺田已经混入了歌舞伎町的人潮中,左文字和矢部跟了过去,另外两名刑警也在寺田附近待命。

太阳落山了,户外还很温暖。也许正因为这样,虽然今天不是周末,但是歌舞伎町也十分热闹。

寺田似乎在寻找什么,只见他一路东张西望,左顾右盼。

他在新宿的一家剧场旁边右拐,向区政府的方向走去。

寺田突然在一家叫"火鸟"的酒吧前停下脚步。其他的店都在热热闹闹地招揽客人,只有这家店悄无声息。寺田确认了一下招牌上的店名,走了进去。

一名一直跟踪寺田的刑警走过来,问矢部:

"怎么办?我们要跟进去吗?"

"你们俩,一个人进去,另一个人绕到后门去!"

收到矢部的命令后,那个刑警正要推门进去,却"啊"地叫了一声。

"门打不开,从里面反锁了!"

"门被反锁了?"

矢部慌忙跑到门口。门确实推不开。矢部的脸瞬间变得苍白。

"把门撞开!"他冲部下吼道。

强壮的刑警用力朝门撞去,只撞了两下,门就歪了,再撞一下,门就被撞飞了。矢部、左文字和刑警一起冲了进去。

然而,屋里什么也没有!

矢部和左文字茫然地环视亮着灯的空荡荡的酒吧。

这家酒吧既没有椅子,也没有酒,更没有人。刚才还在矢部他们眼皮子底下的寺田,竟然瞬间从这里消失了!

左文字慌忙打开酒吧的后门,只见到了那个刚才绕到后门的刑警。

"蓝狮"组织的成员一定是埋伏在这个空酒吧里等寺田,他一进来,就把他击昏,然后将他从后门带走。

一名刑警从地上拾起一个揉成一团的纸团,展开来看,是一张字条。

字条上这样写道:

　　警察正在跟踪你。

如果你不想惹麻烦,那么就去新宿歌舞伎町的火鸟酒吧。

这就是刚才那个小孩儿递给寺田的字条,他肯定就是这样来到这里的!

"他们肯定是用汽车把寺田带走了!赶快找车!"矢部怒吼道。

两名刑警冲出酒吧,其中一名刑警很快跑了回来。

"刚才后面的巷子里有辆车,一男一女把昏倒的寺田塞进汽车里带走了!"

"有目击者吗?"

"有好几个人看见了。目击者看到寺田是被人从酒吧里抬出来的,以为他喝醉了。车是白色的丰田牌汽车。因为那辆车停在禁止停车的地方,所以有人记得车牌号!"

"好,赶快去追踪那辆车!马上去!"矢部又怒吼道。

左文字听完他们的对话后说:

"我去银座见野上律师!你们要是抓住了他们,就往律师事务所那边打电话!"

8

史子站在野上律师事务所所在的大厦的前面。

她看了看左文字,松了一口气:

"野上还在上面的律师事务所里呢!"

"他只负责发号施令,不会行动的!"

"对了,那两个人中了我们的圈套了吗?"

"他们跑了,还把寺田浩二掳走了!"

"警察的执行力不太行啊!"史子深深地叹了一口气。

"不要那么说,他们还在追捕嫌疑人。我们应该上去见一见野上知也!"

"见他?祝贺他吗?"

"也可以!"

左文字微笑着,将手搭在史子肩膀上,两个人一同进入电梯。

左文字和史子走进律师事务所时,野上正背着手,眺望着窗外一望无际的银座夜景。

他转过身,对左文字夫妇笑道:

"啊,欢迎光临!"

看野上那副得意的样子,左文字猜想,他应该已经收到寺田被顺利掳走的消息了。

"说不定你的部下此刻正在拷问寺田浩二呢!有串田顺一

郎那样高明的医生在场，你们就可以给寺田注射能够说出真相的药剂，好让他坦白一切，然后进行录音了！"

"我不知道你在说什么！"

"你这样说不太好吧？"左文字笑道，"我为你们的迫不得已而感到悲哀！"

"悲哀？"

"对，岂止是悲哀，你们'蓝狮'……"

"我不知道你在说什么！"

"好，这样也行。姑且让我把你们当作'蓝狮'组织的成员来谈话吧！'蓝狮'制造了绑架一亿两千万日本国民的绑架案，看起来是'蓝狮'取得了成功。现在已经有三千万人交了赎金，每人交了五千日元，并将可以作为安全保障的徽章佩戴在胸前。那些徽章，对'蓝狮'来说，是计划成功的象征；对警察而言，却是失败与耻辱的印记！"

野上一言不发地听着左文字的话。他也许认为左文字是在称赞"蓝狮"吧！

左文字继续说：

"不过，上次见面时，我说过，这种成功也是一条通向毁灭的道路！既然三千万人交了赎金、佩戴了徽章，那么你们就得保障这三千万人的生命安全！可一个只有四个人的绑架团伙，是不可能保护三千万人的！像这次一样，如果佩戴徽章的人被杀害，人们首先会怀疑'蓝狮'，这样一来，你们就必须向人们证明自己的清白。这次的事件并不是结束,而是开始。有三千万人买了你们的徽章呢!这种事会永远持续下去!明天,不,或许就在现在,在日本的某个地方,又有佩戴那种徽章的人被杀了。如果找不到罪犯,警察又会认为这是'蓝狮'所为,报纸也会这样报道。当得知佩戴徽章也会惨遭杀害,愤怒的人们就会去找三神德太郎,扔下徽章,并要求其退还买徽章的钱!"

野上默默地转过身去。

左文字对着他的背影继续说:

"这次一家五口被害案,'蓝狮'可以将录有寺田招供的录音带交给媒体,证明这件事不是你们干的,那种徽章依然可以保障安全。但是,事情并没有就此结束。三千万人买了那种徽章,今后,杀害佩戴徽章者的案件还会不断出现。你们必须去证明这些案件与自己无关!你们肯定会累得精疲力竭!你们以为逃到巴西事情就结束了吗?不,只要有一个'蓝狮'组织的成员没离开日本,杀害佩戴徽章者的案件一出现,人们就会怀疑是你们干的!而留在日本的你,也必须证明那些事与'蓝狮'无关。这种证明将一直持续下去,周而复始,因此,我为你们感到悲哀!"

野上一言不发,他的肩膀抽动了一下。

"每天早上,只要一翻开报纸,你、串田顺一郎和双叶卓江,就沉浸在胜利的喜悦之中,你们兴高采烈地看着报纸上每天公布出来的数字。转入三神德太郎账户的钱越来越多,你们一定会越看越兴奋。你们的计划已经成功了!不过,这种成功现在也开始报复你们了！现在,你们每天都会提心吊胆地翻开报纸。你们害怕佩戴徽章的人又在日本的某个地方被杀了。我说得没错吧？"

野上依然没有回答。他背对着左文字和史子,望着银座的夜景。但是,他那双失去了焦点的眼睛,或许已经看不进去任何东西了。

左文字继续说：

"明天,在某个地方,又会有佩戴徽章的人惨遭杀害。佩戴徽章的人有三千万呢！你们无法证明这些事与你们无关。除了我刚才所说的理由之外,还有其他原因。你们是天才,你们嘲笑日本二十万名警察不能保护一亿两千万名人质,你们表示,一年投入五千亿日元如此庞大费用的自卫队,即使拥有最尖端的武器,也无法保护这些人质。现在,同样的事情也需要你们来尝试！你们只有三个人,就想将安全卖给三千万人,还说要保护这些人。如果你们做不到,那么遭到嘲笑的就是你们！就像你们曾经嘲笑警察和自卫队一样！他们无法保护一亿两千万人,你们也无法保护这三千万人！你们能做的,就是证明自己不是杀人凶手！这件事并不那么容易做,可如果不做的话,你们必将遭到那些曾被你们嘲笑的警察的嘲笑。面对这些,你们那天才的自尊心一定会受不了吧！所以,今天你们才会铤而走险,绑走寺田。但是这样的事,明天、后天……你们要一直做下去,毕竟你们要保障三千万人的生命安全！"

"真是一场雄辩啊！"野上背对着左文字他们,用疲惫的声音说道,"我还没见过哪个私家侦探同情那些绑匪呢！"

他的语调变得粗鲁,这一变化说明,这位精明能干且冷静的律师内心已经开始动摇了。

"我很喜欢头脑聪明的人！"

"为什么？"

"因为这样的人可以冷静地审视自己。你应该已经注意到,你陶醉在胜利之中时,已经掉进了一个巨大的陷阱里！"

"我注意到了吗？"

"你应该已经注意到了,在你们的计划取得成功的同时,破绽就显露出来了！不只是你,其他三个人也都注意到了,只是天才的自尊心不允许你们承认自己失败！"

这时,桌子上的电话响了起来,野上立刻回过头来。他看着左文字,拿起电话听筒。

"这里是野上律师事务所！"

他说完这句话,便把听筒递给左文字。

"找你的！"

"我是左文字！"

"是我！"

电话里传来矢部警部的声音。

"现在情况怎么样？"左文字看着野上,小声地问道。

野上转身背对着左文字,俯视着夜晚的街景。但是,很明显,他的注意力都集中在正在打电话的左文字身上。

"现在可以用电话说吗？野上不是也在那里吗？"

"是的,不过没关系,反正他会接到报告的,串田顺一郎和双叶卓江跟踪寺田的事实已经很清楚了吧？"

"是的。那辆丰田牌汽车在一间空仓库前找到了。我们冲进去一看,蒙着双眼的寺田被绑在椅子上,旁边放着录音机和写有'警视厅搜查一科收'字样的卡片！"

"那么,你们听过录音带了吗？"

"听了。寺田在录音带里详细供述了杀害白石一家五口的事实。估计同样的录音带,他们已经送给报社了！"

"寺田现在怎么样了？他说了什么吗？"

"寺田像是中了毒一样,昏昏沉沉的,问他什么都答非所问,他的胳膊上有针管注射过的痕迹。"

"是药！"

"我们已经火速将他送往医院了。他们给寺田注射了什么,一会儿到医院就知道了！"

"大概是某种能够让人说出真相的药品吧！串田是个医生,应该很容易弄来那种药！"

"总之,一定要找到串田顺一郎和双叶卓江！"矢部气冲冲地挂断了电话。

左文字放下电话听筒,然后看着背对着自己的野上。

"你都听见了吧？"左文字说道。

可野上仍然俯视着夜幕下的街景。

"你说什么?"

"刚才电话里的内容,你应该都听到了吧?这次算你们逃过一劫,但我要告诉你,从今以后,你和你的同伙每天都会无法入眠。你们一翻开报纸,就会担惊受怕。你们不愿看到那些佩戴徽章的三千万人中的任何一个人在日本的某个地方被杀!而且,你们最好也担心一下三神夫妇!"

野上虽然没说话,但他的后背突然抽动了一下。

"三神夫妇手里有那样一笔巨款,你觉得那些坏人会看不到吗?肯定有人想去杀害这对老夫妇,夺走那笔巨款!如果有人杀了三神夫妇,警察会怎么想?他们一定会想:'蓝狮'和三神夫妇是同伙,应该就是他们杀害了这对老夫妇,独吞了那笔巨款!所以,那对老夫妇的生命安全,也必须由你们来保护!你们真是太辛苦了!"

突然,一言不发的野上转过身来。

第十一章　胜利与失败

1

警察对消失在新宿歌舞伎町的那辆丰田牌汽车进行了彻底的调查。

"一无所获！"矢部对来特别搜查部拜访的左文字和史子耸了耸肩。

"难道这辆车是偷来的？"左文字问矢部。

"是的，"矢部点点头，"这辆车是前天一家私营停车场被盗走的车。车主是一个二十六岁的公司职员，他当天就报过案了，没有可疑之处。我们检查了这辆被丢弃的车，没有查出指纹。方向盘、车门、收音机开关都被擦得很干净。不过，有一点现在已经很清楚，那就是串田顺一郎和双叶卓江开车把寺田带到空仓库后，为了使其招供，曾对他使用过药物！"

"你们能证明这一点吗？"

"有目击者看到一男一女将昏过去的寺田用白色的丰田牌

汽车带走。我们打算用这些证词逮捕串田和双叶！"

"不过……"

"你想说不可能？"矢部的语气很犀利。为"蓝狮"设下的陷阱没有发挥好作用，使这位老练的警部十分气恼。

左文字摆了摆手说：

"我不是这个意思。我也想抓到串田和双叶。这两个家伙正在申请巴西的永久居住权，如果永久居住权申请下来了，他们很快就会在巴西大使馆附近露面。那时，你们就可以逮捕他们了！不过，如果那两个人承认是他们威胁寺田让他招供的，你觉得事情会怎样发展呢？他们一定会说，他们这么做是出于市民的义务，是想伸张正义！"

"这是法院该管的事！"

"是的。不过，即使是这样，他们又犯了什么罪呢？盗窃汽车、非法监禁、威胁，也只有这些罪吧？而且，他们监禁的那个男人是个杀人犯！有野上那样头脑灵活的辩护律师在，估计法官也就判他们监禁一年并且缓期一年执行吧！"

"我知道！"矢部气愤地说道，"但是我们现在还有其他办法吗？"

"寺田那边现在怎么样了？"

"他今天早上出院，我们再次逮捕了他。虽然我们只是把他当诱饵，表面上却给人错误地释放了真正的凶手的感觉。这是警察的失职！真伤脑筋！如你所料，为了让寺田招供，串田和双叶对其使用了药物！"

"这样一来,他们又多了一条罪——非法使用药物罪！但是,这也不算重罪！"

"看来得再给他们设置一个陷阱。买徽章的人有三千万,或许其中还会有那么一两个人被杀害,那时,我们就可以再给他们设置陷阱了！"

"没用的！"

"为什么？"

"他们对此已经害怕了。打算以五千日元换取安全的想法不可靠,这一点我已经跟野上挑明了,所以我们不能再设置相同的陷阱了！"

"这是为什么呢？"

"第一,他们不会再去冒同样的险。第一次他们或许可以说是在尽市民的义务,赢得法官的理解,但重复两次的话,法官就会把他们与'蓝狮'联系起来考虑了。大众也是一样。他们那么聪明,是不会故意去招惹这种麻烦的。第二,第一次设置的陷阱失败了,警察一个嫌疑人也没抓住。"

"你是在责怪我们吗？"

"如果能在他们让寺田招供时逮捕他们就好了！"

"你不要再挖苦我们了！"矢部轻轻地叹了口气。

"我不是在挖苦你们,只是在陈述残酷的事实！警察眼睁睁地看着他们将寺田的供词录了音,然后送给报社！"

"可是,警察没有能力去阻止报社公布录音的内容!"矢部无奈地说道。

"所以……"左文字继续说道,"如果录音的内容发表在报纸上,那么大家都会知道警察这次的失败。而且所有人都会明白,警察知道寺田是真正的凶手,却将他当诱饵给'蓝狮'设置陷阱。在这种情况下,你觉得我们再设置相同的陷阱还会成功吗?警察只要说嫌疑人一定是'蓝狮',人们就会认为那是在给'蓝狮'设置陷阱!"

"喂,提议设置陷阱的人可是你啊!"

"因为我本以为他们会掉进第一个陷阱,我很相信警察的办案能力!我以为即使他们录下了招供的录音带,警察也可以将其没收!"

"我们尽力了,然而……"

"谋事在人,成事在天。"

"你说什么?"

2

左文字和史子离开了特别搜查部。在返回侦探事务所的途中,史子对左文字说:

"你刚才说的话太过分了!矢部先生他们已经尽全力了!"

"我知道,所以我才会安慰他说:'谋事在人,成事在天。'"左文字笑道。

"可你的语气里挖苦的味道太重了!"史子说道。

"我可没想挖苦他!"

"你说的那句谋事什么的话,是谁说的?"

"《三国演义》里的诸葛孔明。"

"你以为自己是和诸葛孔明一样的天才,是吗?"

"你真会挖苦人!"左文字说道。

两个人乘电梯回到位于大厦三十六楼的侦探事务所。

左文字从三十六楼俯瞰新宿的街景。窗外淡云碧空,阳光和煦,让人有些懒散。

史子一边准备两个人喝的咖啡,一边说:

"接下来,我们该怎么做?"

"有一点是明确的。他们会以'蓝狮'的名义将录音带寄给报社,报纸会将录音内容公开,因为它有新闻价值。现在日本最具有新闻价值的就是关于'蓝狮'的消息!"

"他们以'蓝狮'的名义将录音带寄出去,不是自掘坟墓吗?"

"我懂你的意思!"

左文字微笑着点燃一支烟。他很喜欢和头脑聪明的女人谈话。

"你的意思是,这样一来,等警察逮捕了串田和双叶,只要他们承认对寺田进行了逼供,就等于承认自己是'蓝狮'组织的成员了!"

"是这样啊!"

史子点点头,把咖啡放到左文字面前。

左文字喝了一口黑咖啡:

"结果肯定会是这样!"

"为什么?"

"警方一定会去寻找串田顺一郎和双叶卓江,这两个人应该会被抓到。在歌舞伎町,那些见过他们和寺田的证人,也会向警方提供证词。不过,那时那两个人会说些什么呢?他们应该会说:'没错,是我们让寺田招供并把录音带寄到报社去的。不过,那时之所以会以'蓝狮'的名义寄录音带,是因为我们觉得这样做会比较有效果,没有别的意思!'这样一来,警方还是要证明,这两个人到底是不是'蓝狮'组织的成员!"

"会发生这种事吗?"

"很遗憾,这是很有可能的。'蓝狮'事件发生后,以'蓝狮'的名义向报社、电视台、警方打电话并散布假消息的事件有近三百起。在这种情况下,冒用'蓝狮'的名义散布假消息也不构成犯罪。至少,不能仅仅因为某人使用了'蓝狮'这个名字,就断定其是真正的'蓝狮'组织的成员!"

"是这样吗?"

"是这样的!"

史子不满地哼了一声,喝了一口咖啡。

她默默地望着窗外,小声嘟囔了一句"新闻节目的时间到了",然后打开了电视机。

电视机有画面了,却没有声音。

"啊!"史子大声叫道,但这并不是因为电视机没有声音,"你快看,串田顺一郎和双叶卓江上电视了!"

3

"别开玩笑!"

左文字笑着看向电视。他脸上的笑容很快便消失了。

正如史子说的那样,串田顺一郎和双叶卓江出现在电视画面上。

"打开电视机的声音!"左文字叫道。

史子慌忙转动音量调节的旋钮,电视机消失的声音又回来了。

电视机上出现的是记者招待会的画面。一名记者举起一盒录音带,问并排坐在对面的串田顺一郎和双叶卓江:

"这里面录着寺田浩二的供词,是吗?"

"是的。"串田顺一郎平静地回答道。

"你说他的供述绝对真实,请问其根据是什么?"另外一名记者问道。

串田继续答道：

"我想您听了录音带就会明白,他说的事只有真正的凶手才知道。另外,警方再次逮捕了寺田浩二,他才是这次凶案真正的凶手,录音带上的供述就是证据！"

"请问你们是用车将被警方释放了的寺田浩二带到空仓库,然后在那里让他招供的吗？"

"应该补充一点,我们是在他坦白了一切、知道他是真凶之后,才对他说的话重新录了音,然后把他交给警方的！"

"你们为什么要这样做？"

"为了社会正义,也可以说,我们是在尽市民的义务！杀害一家五口的凶手就在我们面前,我们义不容辞地抓住了他,这难道不是在尽市民的义务吗？"

"可是,你们作为市民,开车把他带到空仓库,让他招供,然后将其招供的录音带寄给报社,是不是太过分了？"

"在一般情况下,我们的做法可能是有点儿过分,但这次的情况很特殊。警方明知道寺田浩二是真凶,却故意将其释放。所以,即使我们拨打报警电话也是徒劳。于是,我们便抓走了他,让其坦白一切。我是一名医生,通过观察寺田的身体状况和精神状况,我认为他极有可能再次作案,是一个相当危险的人。为了防患于未然,我们这才采取了比较极端的做法！"

"接下来是电视机前的观众们最关心的问题,你们与'蓝狮'组织有关系吗？"

"我们和那个组织什么关系也没有!"

"但据传闻说,你们曾因此接受过警方的调查……"

"这个传闻是事实。"串田平静地说道,他用略带嘲讽的目光环视聚在一起的记者们,"因为我和我身边的这位双叶女士智商比普通人高,因此我们被警方怀疑参与了'蓝狮'组织。但幸运的是,这种怀疑已经消除。在我看来,警方是因为受'蓝狮'的影响太大了,才做出了错误的判断!"

"你能具体说说这方面的情况吗?"

"这次一家五口被杀事件,谁都能看出来,是一起仇杀案,但凡冷静思考一下,就能弄清楚这一点,然而,警方却认为有可能是'蓝狮'组织所为,还在报纸上公开报道,甚至释放了真凶寺田浩二——这个曾经被媒体当成嫌疑人报道过的男人。这样做可以有两种解释:第一,警方知道寺田是真凶,但是为了抓住'蓝狮'组织的成员,就把他放了出来,把他当成诱饵;第二,警方认定这起案件是'蓝狮'组织所为,这才对寺田这个真凶视而不见。这两种情况都是相当危险的,这等于将杀人狂放出来,任其为所欲为。因此,我们这才抓走了寺田,用我们自己的方法让他招供!"

"这么说,警方释放寺田时,你们也碰巧在场,是吗?"

"你也可以这么认为!"

"可是,即使如此,你们不也犯了罪吗?"

"是什么罪呢?"串田笑着看向记者。

"首先,你们不是偷了别人的车吗?"

"我们是迫不得已才这样做的。我们必须将寺田带到安静的场所去!"

"此外,还有非法监禁!如果你们逼迫寺田招供,不是又犯了另一种罪吗?"

"不,我不这样认为!寺田是一个残忍地杀害了一家五口人的凶手,采取粗暴的方式使他伏法,我认为这属于一种非常措施!另外,关于盗车一事,车主已经原谅了我们,所以这也不算是犯罪!"

"最后,我想问一下,对这件事,你还有什么想说的吗?"

"我想对警方说,希望你们不要因急于破案而故意让真正的凶手逃走!"

"你在表达对警方的不满吗?"

见记者们骚动起来,串田笑道:

"这只是一个市民的愿望罢了!"

4

"这些人真够厉害的!"晃动着摇椅的左文字感叹道。

"虽然他们是我们的对手,但我还是要承认,他们确实不得了!"史子说道。

"他们的胆子真大，竟然自己召开记者招待会！他们不愧是智商一百四以上的天才！"

"可是，他们太自信了，全然不知这是在走危险的钢丝！"

"他们不是乐在其中吗？"

"也许吧！"

"你觉得他们会受到什么样的惩罚？矢部警部说，他们可能会被判入狱，有可能是判刑一年，缓刑三年。"

"那是矢部警部在追捕他们时说过的话。现在，这两个狡猾的家伙突然出现，没有向警方自首，而是突然召开记者招待会，在电视上发布了这起案件的相关信息，这样一来，他们应该会得到媒体和社会舆论的支持。警方可能会因为心虚，先逮捕他们，然后将其无罪释放！"

很不幸，事情被左文字说中了。

第二天下午，疲惫的矢部警部来到左文字的事务所。

"束手无策！"矢部在沙发上坐下，深深地叹了一口气。

史子给矢部端来一杯咖啡。

"别这样，振作起来！"

"我也想振作起来，但我们拿他们毫无办法！今天串田顺一郎和双叶卓江被释放了！"

"警方已经将他们逮捕了？"左文字用蓝色的眼睛看着矢部。

"是啊。那两个家伙说，警方明知寺田浩二是真凶，却故意放走了他。上级迫于无奈，只好下令将其释放！"

"他们偷汽车的事怎么样了？串田在记者招待会上说,他们已经取得了车主的谅解,那也不算是犯罪了,对吗？"

"他说得没错！被偷的车的车主是一个叫小牧良介的公司职员,他的态度突然发生改变,似乎那辆车是他借给那两个人的一样。这样一来,警察就没辙了！"

"他们用钱收买了车主吧？"

"有可能！我们调查小牧良介,发现这个人的口碑不太好。他有可能是被对方抓住了什么把柄。总之,现在我们毫无办法！"矢部平时很少说这样泄气的话。

"现在认输还太早吧？"左文字笑着给矢部打气。

矢部耸了耸肩:

"可是,我们还有什么办法呢？你也说过,使用过的招数就不能再使用了。这样下去,我们只能眼睁睁地看着他们逃往巴西！"

"难道就没有办法证明野上律师、串田医生和双叶卓江就是'蓝狮'组织的成员吗？"

"现在不能,我们不能靠推测去逮捕他们啊！"

"没错！"

左文字从摇椅上站起来,走到窗前。

他交叉抱臂,俯视着夕阳下的新宿街景。

从三十六楼向下看去,新宿的霓虹灯美不可言。

"有一件事,我一直很在意！"左文字望着窗外说道。

"和案子有关系吗?"矢部问道。

"有关系。你们追那辆车时,我和史子去律师事务所见了野上!"

"哦,那又怎么样?"

"我吓唬野上,说他们的计划越成功,他们就离毁灭越近,他们会提心吊胆地度过每一天,背负三千万佩戴徽章的人的安全重负!"

"即使他们心惊胆战,我们也不能逮捕他们啊!而且,串田顺一郎和双叶卓江似乎已经不需要害怕了!"

"我认为他们是用自己是天才的强烈自尊心压制着恐惧。对了,那时候的事……"左文字朝史子看去,"你注意到了吗?"

"注意到了!"

"果不其然!"

"你在说那些话的时候,一直背对着我们的野上突然转过身来,表情十分难看,明显是吓到了!他为什么会露出那样难看的表情呢?"

"你们在说什么?"

矢部看着左文字和史子。

"我刚才说过,我吓唬了野上。我说他们仅凭三个人的力量保护不了三千万人的生命安全。当时,他一直背对着我们,大概是不想让我察觉到他的动摇吧!然而,当我最后说出,如果他们不能保护三神夫妇,老夫妇一定会陷入危险的时候,他突然回过头来,脸色大变。我知道他的内心发生了很大的动摇。我一直在想:他为什么会如此惊慌失措呢?"

"他是不是担心三神夫妇会被人杀害呢?他发现,除了要保护佩戴徽章的三千万人外,还必须要保护三神夫妇的安全,因此才那么慌张!"矢部说道。

"不对!"左文字说道。

"为什么不对?"

"他们可是天才啊!他们并不是刚注意到这一点。而且,不是一直有警察在监视三神夫妇吗?"

"是的,因为我们想弄清楚三神夫妇会跟什么人联系!"

"野上不可能不知道这一点。监视三神夫妇的警察其实也是在保护三神夫妇。这样一来,'蓝狮'组织的成员没有必要担心三神夫妇的安全问题。可是,野上为什么会那么慌张呢?"

左文字神情严肃地思考了一会儿,突然拿起电话听筒,拨通了野上律师事务所的电话号码。

左文字小声地对前台服务人员说:

"我想请野上律师为我辩护!"

"他现在暂时不能接受委托!"前台服务人员说道。

"是预约太多了吗?请务必让律师帮个忙!"

"明天下午开始,律师要外出旅行一个星期。很遗憾,他现在不能接受委托!等律师回来后,您再打电话来吧!"

"野上律师是不是要去巴西?"

"我不太清楚！"

"谢谢！"

左文字挂断电话后，微微一笑。他看看矢部，又看看史子。

"看来，一切逐渐明朗起来了！"

5

左文字又在摇椅上坐下，点燃一支烟。

"野上要去巴西旅行！"

"他要逃跑了吗？"矢部一脸严肃地问道。

左文字摇了摇头：

"应该不是。警察已经束手无策了，他为什么还要逃跑呢？"

"你为什么说他要去巴西？"

"他去巴西这一点绝不会错，我对其原因也很感兴趣。我们再来想一下刚才的事吧！现在，三神夫妇有警方保护，很安全。但是，三神夫妇年纪大了，他们说不定会病死。三神夫妇一旦死亡，那笔巨额遗产将何去何从呢？"

"那当然是由他们那个身在巴西的独生子一男全部继承了！"

"如果是那样，对'蓝狮'来说，即使三神夫妇死了，他们也不会感到困扰。他们可以移居巴西，与三神一男一起生活。然而，野上为什么那么惊慌呢?"

"难道……"史子说道,"难道三神夫妇死后,那笔巨额遗产到不了'蓝狮'组织的成员的手中?"

"你说什么?"矢部问道。

左文字把烟蒂按灭在烟灰缸里。

"也就是说,留在巴西的三神一男可能已经死了!"

"什么?"

"目前只能这样想!身在巴西的三神一男,也许不想把那笔巨款分给'蓝狮'组织的成员。这种可能性是有的。前往巴西的牧野英公得知此事后,便把三神一男悄悄地杀死了,然后冒名顶替了他。如果三神夫妇携巨款逃往巴西,他们可以在那里控制这对夫妇,这自然不会出现什么问题。可是,一旦三神夫妇死在日本,那会怎么样呢?日本的相关部门一定会对这笔巨额遗产的继承人进行详细调查。但三神夫妇的儿子已经死了,是不可能回日本的。这样一来,'蓝狮'组织的成员就无法拿到这一笔煞费苦心得来的巨款了!"

"因此,野上才慌张地前往巴西?"

"我想,他去巴西是打算与顶替三神一男的同伙牧野英公商量对策,万一三神夫妇意外身亡,他们该怎么得到那笔巨款!"

"但是……"矢部小声地说道,"三神夫妇的身体非常健康,在取得巴西的永久居住权之前,应该是不会突然死亡的。而且,有警察的保护,三神夫妇也不可能被人杀害!"

"然而,如果有人要杀害他们,还是有办法的!如果咱们这边采取了极端手段会怎么样呢?"

"难道你打算杀掉三神夫妇?"

"我是一名善良的市民,肯定不会去做那种愚蠢且违法的事。我想的事情极为简单……"

6

第二天上午十点。

三神文代和往常一样,提着购物篮走出家门,身穿便服的刑警尾随其后。

文代走进一家距离她家三百米远的超市,购买了一千两百日元的物品。

文代付完钱,便走出超市。她刚走出超市不远,一辆汽车突然在她的身旁停下。

"三神夫人!"矢部警部从车窗探出头,对文代说道,"我有点儿事要问您,请跟我去警署走一趟吧!"

听到矢部的话,文代困惑地环顾四周:

"我买完东西要回家的……"

"只占用您一点儿时间,一会儿就好!"

矢部走下车,说了一声"请上车",催促文代赶快上去,然后又冲尾随她的刑警打了个手势。

无可奈何的文代坐进车里。

汽车径直向特别搜查部所在的新宿警署驶去。

来到新宿警署,矢部笑着将文代送进房间。

"请您放松一些!"

"我不回家,我先生会担心我的!我想给我先生打个电话!"文代不安地说道。

"喂,快把茶端来!"矢部大声对部下说道,他又转身对文代说道,"我们会跟您的先生联系的,请不要担心!您先喝杯茶吧!这茶叶虽说不是什么上等茶叶,但是味道还不错。"

"你们有什么事吗?"文代没有喝茶,严肃地问道。

矢部粗鲁地拿起茶杯,喝了一口茶:

"我想了解一下您儿子在巴西的情况。收到上次那封信以后,他还有没有再来过信?"

"没有。不过,我知道他在巴西很平安,所以心里很踏实。用不了多久,我们就会取得巴西的永久居住权了。我们很快就能和儿子见面了!"

"您知道他在巴西的住址吗?"

"知道,但是我得回到家才能抄下来给你!"

"电话呢?"

"也有,是圣保罗市的电话。"

"您打过国际长途吗?"

"打过三次。"

"是您儿子接的吗?"

"是的。"

"三次都是您儿子接的电话?"

"第一次是他自己接的。后来两次,对方说他正在工作。"

"是谁说他正在工作?"

"是一个和我儿子住在一起的男青年。他是日本人,是我儿子的同事。"

"您问过他的姓名吗?"

"问过,他姓牧野。你问这个干什么?"

"牧野? 他是不是叫牧野英公?"

"我只知道他姓牧野。"

"那么,我们进入下一个问题吧。"矢部将身体坐直。

7

在工厂监督工作进度的三神德太郎不时地看手表。

午休已经结束,工人们又开始工作了。

"怎么还不回来?"德太郎皱着眉头自言自语道。

这种事还是第一次发生!平时这个时间,文代早就买完东西回来,把午饭准备好,他们都吃完午饭了。

但是,今天她到现在还没有回来!

"难道她在路上出了车祸?"

就在德太郎胡思乱想时,电话响了。

德太郎心里一惊,赶紧抓起电话听筒,他听到一个男人的声音。

"是三神德太郎先生吗?"

"啊,是的。你是谁?"

"我是谁无所谓,我们绑架了你太太!"

"你说什么?"

"你不要那么慌张,我们只不过是绑架了你太太而已!"

"你到底是什么人?"

"你可以叫我们'白狮'。如果你想让你太太安全回家,就请交出一千五百亿日元的赎金!"

"我太太在你的旁边吗?"

"她很安全地待在某个地方,请你放心!怎么样?难道你舍不得那些钱,想看着我们杀害你太太?"

"你们真的绑架了我太太?"

"你太太上午十点出门去超市购物,我们在她走出超市后绑架了她。她还没有回家吧?这就是最好的证据!"

"但是,那笔钱是为我在巴西的儿子建牧场而准备的资金,而且还要交税款……"

"你可以打个国际长途电话,跟你儿子商量一下。我们给你两个小时的时间。两个小时后，我们再打电话给你。如果那时你还没有下决心把全部赎金交出来，我们会毫不留情地杀掉你太太！"

"喂，准备的时间也太短了吧……"德太郎面色苍白地说道。

可是，对方没等他说完就无情地挂断了电话。

德太郎拿着电话听筒，愣了好久。

迄今为止，一切都进展得很顺利。只要再过一个月，他们就可以取得巴西的永久居住权，他和老伴儿就能去巴西，和儿子一起，一家三口在巴西的原野上建牧场。

然而，对德太郎来说，文代是谁都无法取代的女人。像她那样开朗、坚强的好太太，世上绝无仅有。但是，如果好不容易积聚起来的钱被全都抢走的话，那么身在巴西的儿子就什么事都不能做了！

"和警察谈谈吧！"

这个想法在德太郎的脑海中一闪而过，他立刻摇了摇头。以他现在的处境，他是不能报警的！

德太郎对在工厂工作的工人说了声"我出去一下"，便离开了工厂。

他去了文代常去的超市，打听她的下落。

"她今天十点多来过，在这里买了一千两百日元的东西。"中年收银员挠着头对德太郎说道。

"你知道她后来又到哪里去了吗？"

"那我就不知道了。不过,我无意中往外看了一眼,我看到你太太上了一辆汽车。"

"是出租车吗?"

"不是,是一辆黑色的汽车。她好像在一个男人的强迫下上了车!"

"果然是被绑架了!"

德太郎忘记了感谢收银员。他离开超市,走进附近的一个公用电话亭。

现在,他只能跟那个人商量对策!

德太郎给野上律师事务所打电话。

"是我!"德太郎用恳求的语气对接电话的野上说道,"请帮帮我!"

"我们有约在先,在离开日本之前,你不能给我打电话!"野上严厉地说道。

"我知道,但是我太太被绑架了!我该怎么办啊?"

"真的吗?"

"有人看到我太太被一个男人用车带走了!绑匪还给我打了电话!"

"他们有什么要求吗?"

"绑匪让我把这次赚的钱全都给他!"

"你答应了吗?"

"我不能没有老伴儿啊!我们在一起生活了二十八年!我

不能眼睁睁地看着她被人杀害！"

"可是你别忘了，那些钱是给你儿子建牧场的资金啊！"

"我想跟身在巴西的一男通个电话，想征得他的同意。我最近给他打过几次电话，接电话的都是你的朋友牧野先生，我儿子没有接过电话！"

"你儿子工作太忙了！我猜，他一定是想在你们抵达巴西前，完成牧场的设计方案，他正为此而努力工作呢！"

"但是，这次我必须征得儿子的同意！他肯定会理解我的！"

"你到底想说什么？"

"那笔钱是不义之财！为了我太太的安全，我打算把钱给绑匪！即使身无分文，只要我们一家三口互相照顾，互相帮助，一定也能在巴西生活下去！只是对不起你和串田先生他们了！请你们理解！"

"你打算把一千五百亿日元全都交给绑匪？"上野在电话里的声音尖厉起来。

"我还有其他的办法吗？有的话请告诉我！"

"喂，请不要那么激动！我们见了面再商量吧！原宿有一座名叫'原宿天空住宅'的十层公寓，是我处理私人问题的地方。你可以到那座公寓七楼的七〇一号房间去吗？我们到那里再详谈！"

8

四十分钟过后,德太郎乘坐出租车来到位于那座名叫"原宿天空住宅"的公寓。

他乘电梯直达七层,来到七〇一号房间门前,敲响房门后,神情严肃的野上给他开了门。公寓那十二叠大小的客厅里,还坐着串田顺一郎和双叶卓江。

"总之,我得给身在圣保罗的儿子打个电话!"德太郎说着,拿起房间里电话的听筒。

过了大约二十分钟,电话终于接通了,但是德太郎听到的并不是儿子的声音,而是牧野英公的声音。

"您儿子正在工作!等他回来后,我会把您的话转告给他!"

要是换作平时,他或许会说声"拜托了",便放下电话,但是今天不行!

"请赶快把我儿子叫过来!我有重要的事跟他说!"

"他出去工作了,我现在无法立刻叫他回来!"

"你那里现在是晚上吧?难道我儿子晚上也要工作?"疑惑涌上德太郎的心头。

"是晚上,但是你儿子说,在父母来巴西之前,他必须做好一切准备工作,所以晚上也要工作!"

"总之,请赶快让我儿子接电话!我儿子不来的话,那我就没有办法了!请你转告他,为了救我太太,那笔好不容易才弄到手的钱,我会全部交给绑匪!"

"你等等!你说什么?我不明白……"

"让我儿子接电话!前两次你都说我儿子在工作,我在电话里跟你说的话,你都转告他了吗?"

"这还用问吗?我都转告他了!"

"那么,他为什么不给我打电话?这也太奇怪了吧?"

"这个嘛,因为迟早都会见面,所以你儿子……"

"我儿子可不是那样的人!你赶快让他过来接电话,否则的话……"

电话一下子被挂断了。

野上用手指按下了电话的按钮,挂断了电话。

"请你先冷静一下!"野上抱住德太郎的肩膀说道。

德太郎依旧紧紧地攥着电话听筒。

"我要跟我儿子通话!我儿子在巴西真的平安无事吗?如果他还活着的话,为什么不给我打电话?"

"今天晚上我就要出发去圣保罗了!我可以调查一下你儿子在那边的生活情况,请放心!"

"我现在就要跟他通话!绑匪的电话马上就要打过来了!在那之前,我必须征求儿子的同意!"

"你打算如何回复绑匪呢?"串田问道。

德太郎扔下电话听筒说:

"当然是答应对方的要求!让我做什么都可以!我太太的

命可是钱换不回来的！我儿子也会同意我这么做的！"

"他不会同意,绝对不会！"双叶卓江歇斯底里地叫道,"那笔钱可不是你一个人的！那笔钱是我们这些天才靠我们的智慧换来的！你只不过是碰巧制作了一些徽章,正好被我们利用一下罢了！为了你太太的安全,你就想把钱全部交给绑匪？你有什么资格这样做？"

双叶卓江咬牙切齿地数落着德太郎。

德太郎并没有退缩：

"没有我的建议,那笔钱你们现在能弄到手吗？"

"你是不想把钱分给我们才在这里演戏,谎称你太太被绑架了吧？"

"你给我住嘴！现在没有时间了！我要回去答应他们的要求！身在巴西的儿子肯定会同意我的决定的！我希望你们也能同意！我老伴儿的生命危在旦夕！"

"不要开玩笑了！已经死了的人,是不会说什么同意不同意的！"

"双叶君！"野上想制止双叶,但为时已晚。

德太郎脸色骤变,他愤怒地瞪着双叶卓江。

"我儿子被你们杀了？"

"他想背叛我们,独吞那笔钱！他给你写了封信,被牧野先生发现了！"

"所以你们就把他杀了？"

"他本来就是个白痴,根本就没有资格加入我们的组织!"

"你这个畜生!"

德太郎突然扑向双叶卓江。

这个六十五岁的老人愤怒地掐住双叶卓江的脖子,她随即发出嘶哑的悲鸣。

串田顺手拿起身边的铜质花瓶,砸向德太郎的后脑勺儿。

老人瘫倒在地上。

"别杀他!杀了他,那笔钱就泡汤了!"野上怒吼道。

这时,伴随着一声巨响,门被踹开了,左文字和数名刑警一起冲进房间。

左文字环视了一下客厅,对脸色惨白的野上说:

"你还有什么要争辩的吗?"

"没有,"野上摇着头说道,"只有一点我想不通……"

"你说吧。"

"平时的我,应该不会中这样的圈套!"

"或许吧。恐惧的人更容易上当!"左文字微笑着说道。

然后,他用房间里的电话跟特别搜查部的矢部警部取得了联系。

"终于结束了!"

9

左文字从三十六楼的窗户向外眺望都市的夜景,他似乎闻到了初夏的味道。

史子照例冲了速溶咖啡,问坐在摇椅上的左文字:

"你怎么啦?"

左文字望着窗外的夜景说:

"听矢部警部说,'蓝狮'组织的所有成员都会被判死刑!三神夫妇虽然是共犯,但是因为没有杀人,又是为了儿子才听从了他们的命令,如果他们能找个好一点儿的律师的话,估计会判五六年。"

"我担心的是那一千五百亿日元!"

"哎呀……"左文字笑了起来。

"买过徽章的人已经用不着佩戴徽章了,他们要是想退款的话,可以要回自己那五千日元。然而,案子结束到现在,已经过去两个星期了,听说去三神工厂要求退款的只有五个人,其中有两个人还改变了想法,没要钱就回去了!"

"这是为什么?"

史子摇着头,把咖啡放到左文字的面前。

左文字在咖啡里放了一块方糖。

"绑架案一结束,那种徽章就不再是安全的保障了。"

"为什么那些买了徽章的人都不来退货呢?"

"他们或许是觉得那东西有收藏价值了吧。"

"啊?"

"听说某些地方,一枚徽章的价格竟被炒到七八千日元!"

"那么,那笔钱怎么处理呢?"

"钱仍然归三神夫妇所有。当然,他们要交一大笔税款,尽管如此,他们最终也能得到将近四百亿日元!服刑期满,那对老夫妇无疑会成为亿万富翁!"

"这个世界真疯狂!"

"谁说不是呢!"

左文字点点头,继续欣赏闪烁的霓虹灯下的新宿夜景。

"虽然疯狂,但依然很美。"